逢魔篇

MUGEN SHINSHI

夢幻紳士

高橋葉介

逢魔篇

目次

血腥殉情

我的名字是
夢幻。
全名夢幻魔實也。

BAR BANDOW
ひゅん!
咻!

ぴゅっ!
唰!
びしゃ!
啪!

啊！
……看人家做了什麼好事。
小哥，抱歉啊。
不小心殺了你。

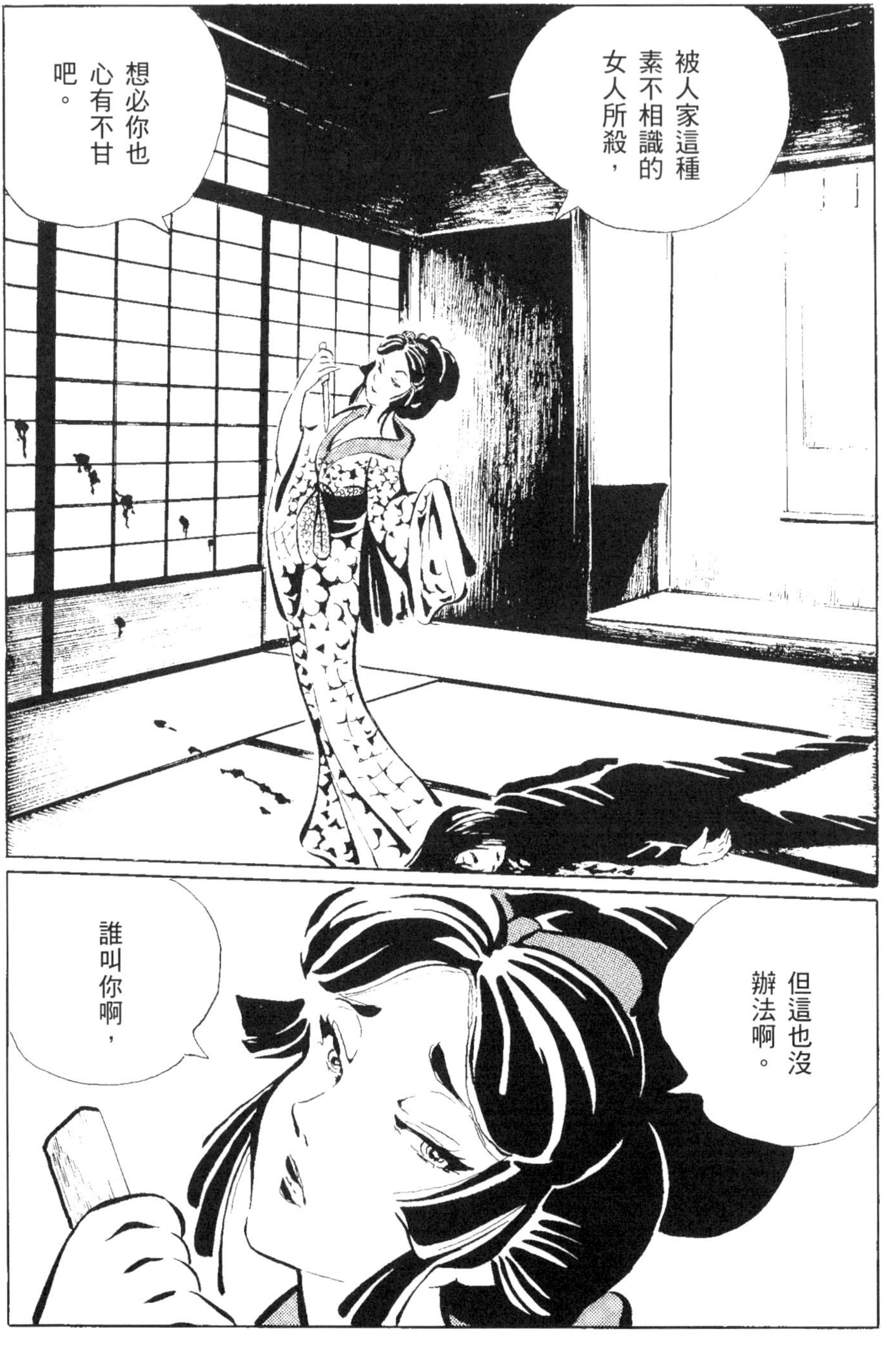
被人家這種
素不相識的
女人所殺，
想必你也
心有不甘
吧。
但這也沒
辦法啊。
誰叫你啊，

……要在外頭報上自己的名字，
我的名字是夢幻。
全名夢幻魔實也。
人家一聽到，就忍不住出聲向你搭話了嘛。
這位小哥，你真帥氣，
和人家一起喝一杯吧。
你就稍微陪陪人家嘛。

小哥長得真漂亮。
能和你這樣的美男子共赴黃泉，人家太幸福了。
一個人獨自死去，實在太寂寞了嘛。

一個人獨自死去，
實在太寂寞了嘛。
唰！
啪！
啊……
啊……

啊……意識越來越模糊了……
小哥，晚安了……
祝你……好夢。

讓您久等了。
哎呀？在打瞌睡嗎？

從大白天就邊等熱酒上桌邊小睡片刻，
還真有閒情逸致。
好令人羨慕啊。
老闆娘，
之前有女人死在這房間吧？
是啊，
出過人命喔。
有人死掉不行嗎？

就算是這麼偏僻的料亭，多少也死過女人啦，
別小看我們店了。
……說得真理直氣壯。
殉情嗎？
孤身一人是無法殉情的啊。
若有願意陪她赴死的男人，也不用遭罪了。

她就像這樣……
一刀劃開咽喉……
她臉上滿是悔恨，
那是無法成佛的遺容啊……
嗯？
欸？咦？
怎麼了？

不……不是的，
我想起來了。
怎麼會這樣呢？是我記錯了。
她當時臉上掛著微笑，
露出幸福的遺容。

我的名字是
夢幻。
全名夢幻魔實也。
這位小哥，你真帥氣，
和人家一起喝一杯吧。
你就稍微陪陪人家嘛。

啃頸老翁

我的名字是
夢幻。
全名夢幻魔實也。
啊啊……那脖子。

好想啃他的脖子啊。

BAR
BANDOW
好了，
我出門一趟。
咦？
您要打道回府了嗎？

不，我馬上就回來。
……請記得先留下酒錢喔。
太好啦，
他從料亭出來了。

好，
老夫來跟蹤他。
啊啊……就是那脖子。
好想要那脖子啊。
老夫是「啃頭老翁」。

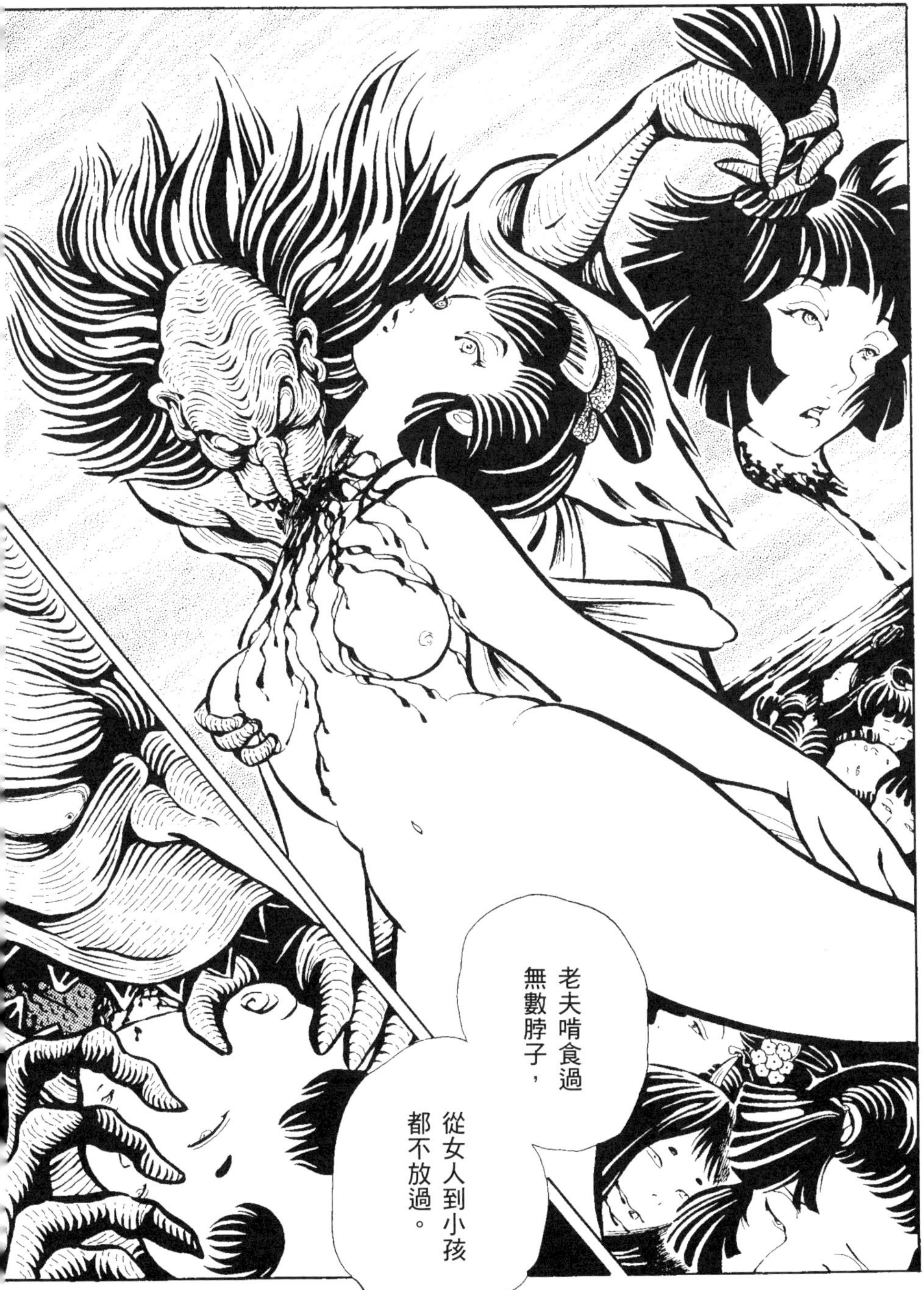
老夫啃食過無數脖子，從女人到小孩都不放過。

然而，老夫從未見識過如此誘人的脖子。
為什麼呢？
僅僅是在路上聽見他的聲音，
我的名字是
夢幻。
全名夢幻魔實也。
就感覺無論如何都非得啃食那脖子不可。

嗅……
他在邀請我、
在邀我享用他。
我來了。
讓我啃你吧。

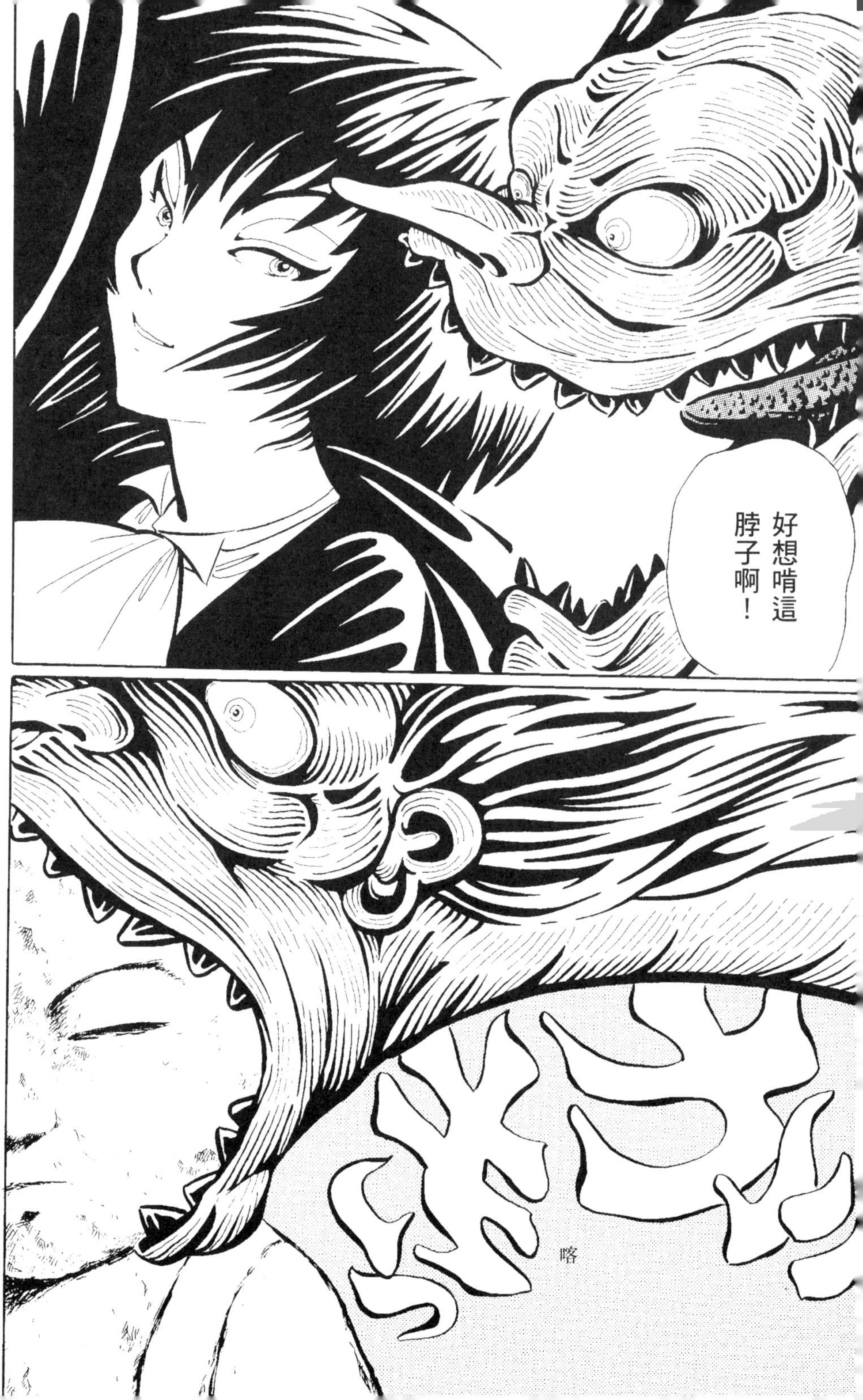
好想啃這脖子啊！
喀

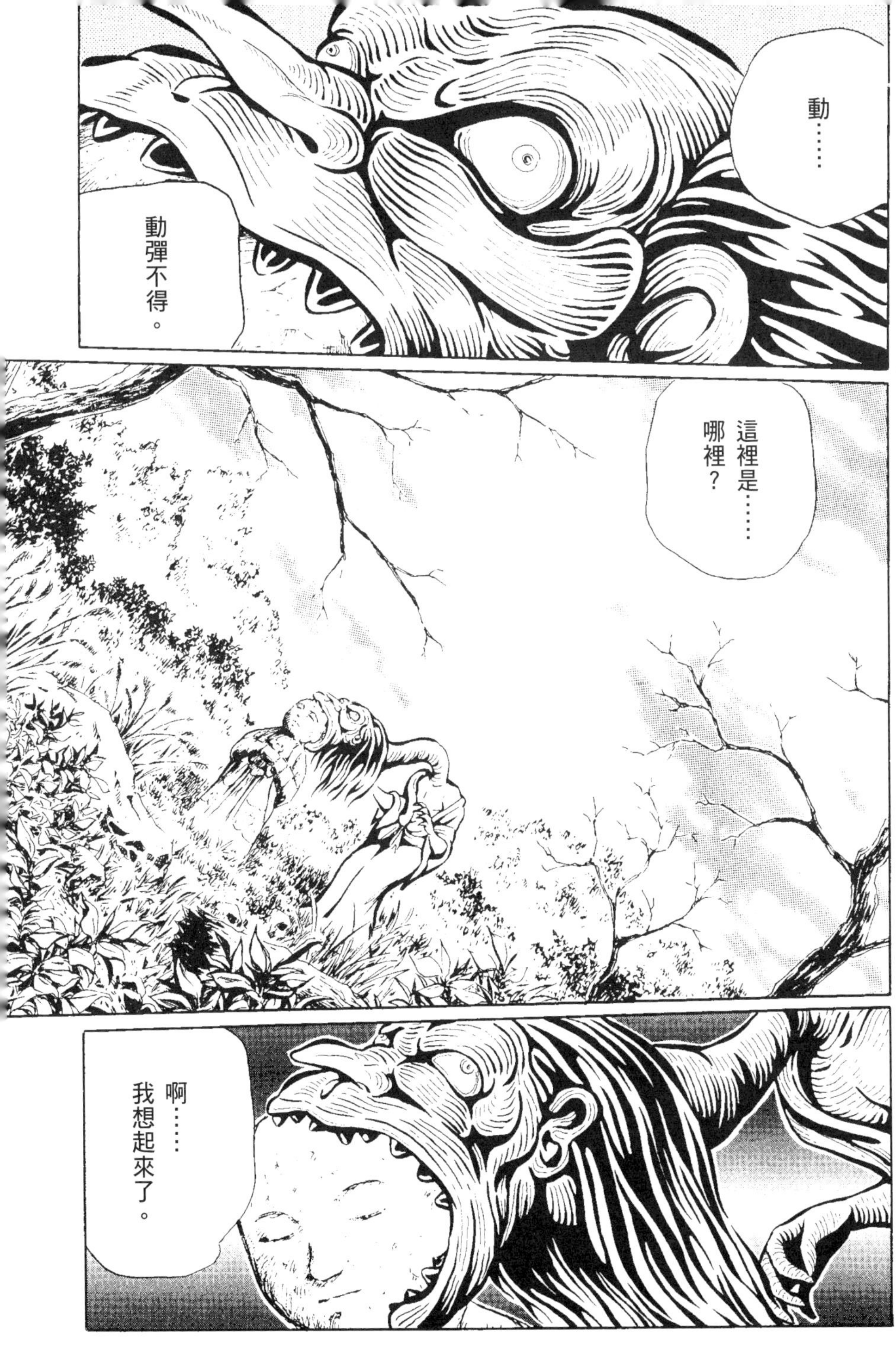
動……
動彈不得。
這裡是……
哪裡？
啊……
我想起來了。

這裡是刑場遺址、古時的行刑之地啊。
老夫正是誕生於此地。
因啃食罪人脖頸而生。

這座石塔又是什麼？
哼，就是個……
沒用又廉價的落魄地藏。
但還是無法動彈。
可惡！中計了！

話雖如此，
差一點就到手了啊。

……我回來了。
說什麼回來了，
您不過是打了個瞌睡而已啊。
我出去了一趟，
將影子稍微放了出來。
因為有麻煩的傢伙追著我跑。
真是聽不懂您在說什麼……
咦？

您被蚊蟲咬了嗎？
脖子上又紅又腫呢。
來，
我來幫您舔拭傷口吧。
噢，不用了
沒關係。
妳的好意我心領了。
噢，真可惜。
差一點就到手了呢。

手之目

我的名字是
夢幻。
全名夢幻魔實也。

BAR
BANDOW
您接下來打算如何？
需要更多酒？酒餚也一起端上嗎？
還是找個女人過來服侍您如何？

承蒙您的召喚，
小的感激不盡。
…抱歉，我要換人。
妳等個十年後再來吧。
咦？
少爺喜歡年紀大的嗎？
我受不了乳臭未乾的小鬼。

我是手之目。
是以預測和千里眼娛樂賓客的藝者。
我也受不了無聊的特技。
哎呀，這我就不能當沒聽到了。
那麼，
這副模樣如何？

看起來像您偏好的年紀嗎？
我也能化形成其他東西喔。
喔？
化形了啊。
您看，

這是慘遭少爺玩弄後拋棄、
最後投水自盡的有夫之婦。
如何？
還記得她吧？

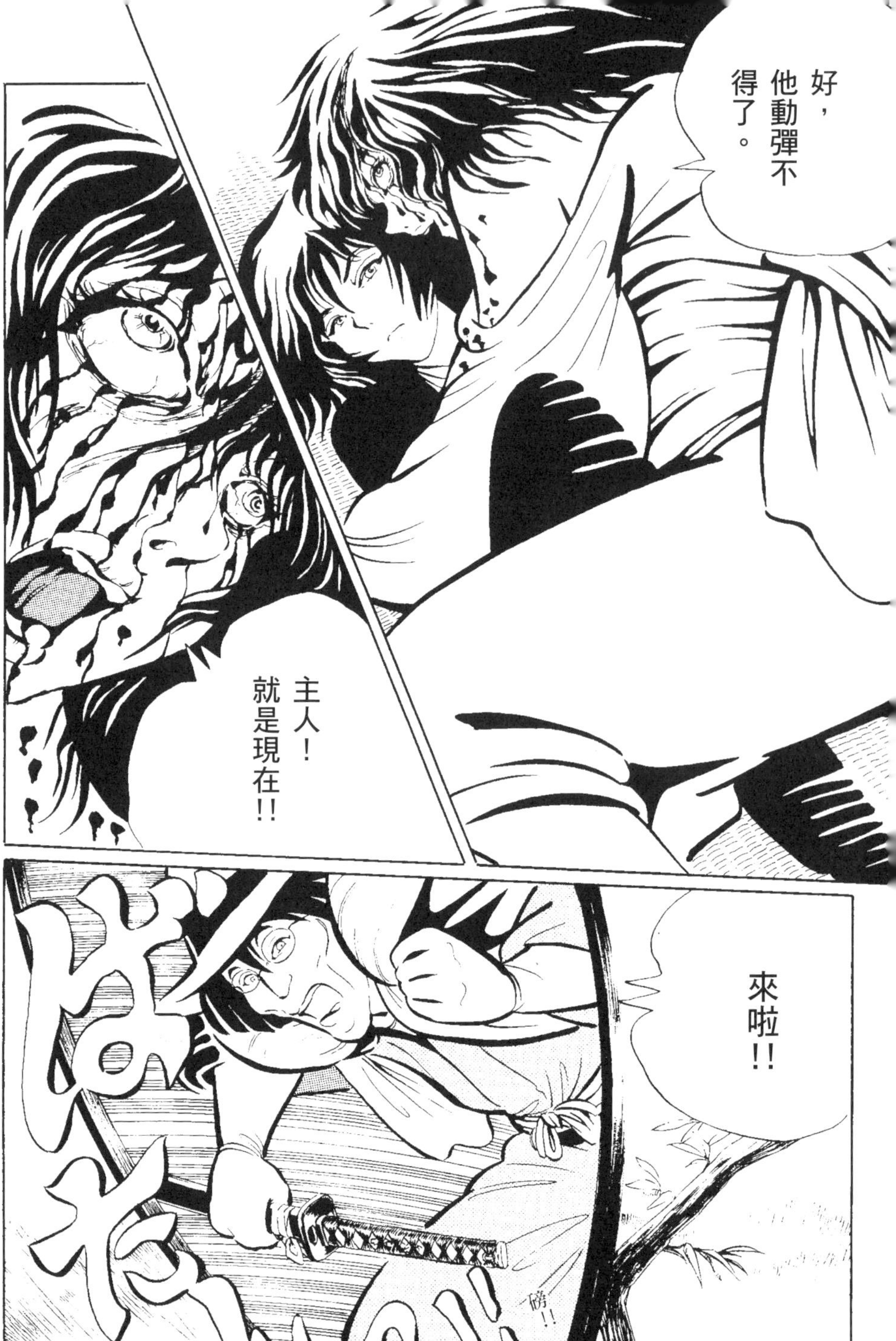
好，他動彈不得了。
主人！就是現在!!
來啦!!
磅!!

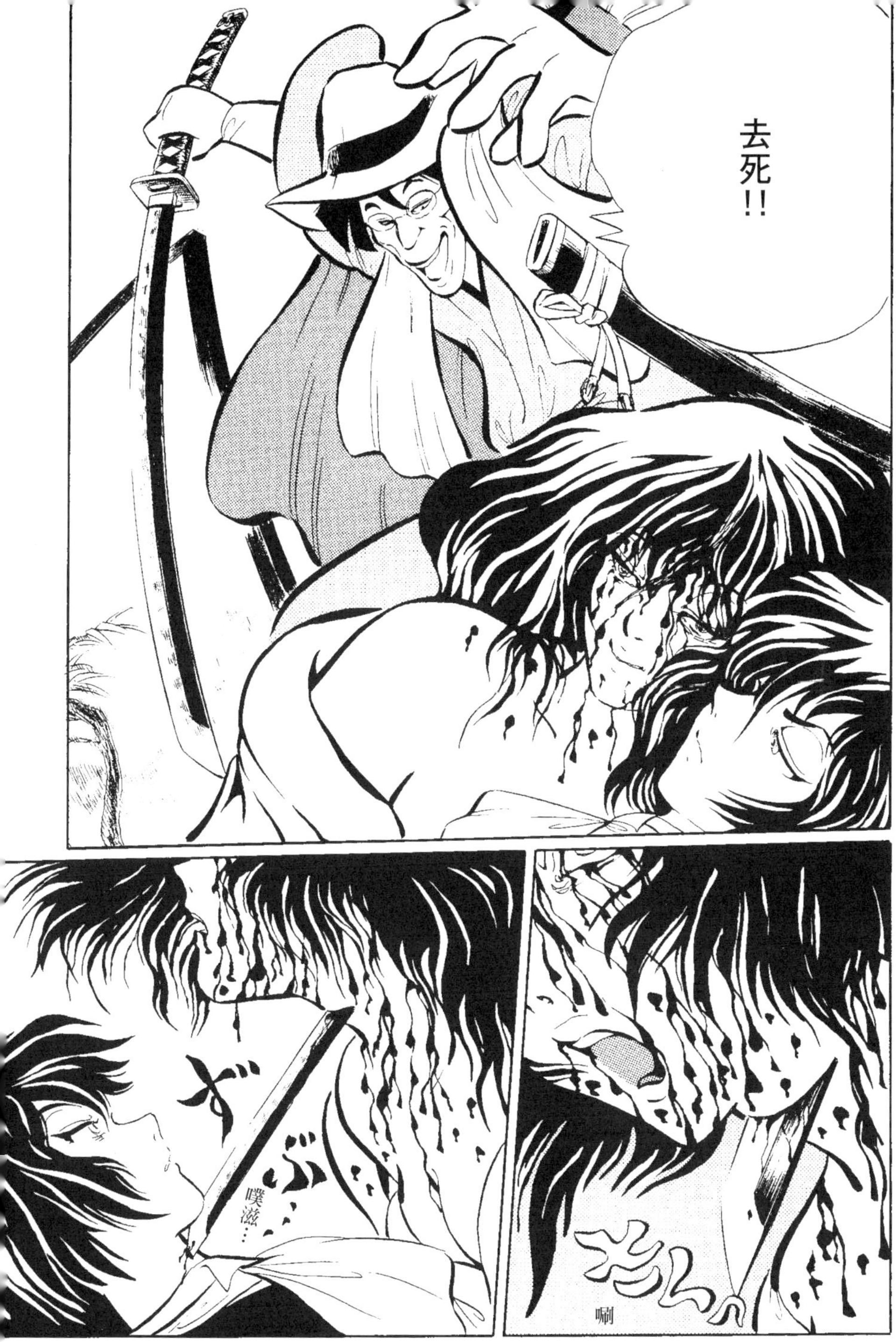
去死!!
唰
噗滋…

主……
主人……
為什麼
連我也
……？
哇哈哈哈！
你們統統
串在一起啦!!

死吧！你這姦夫！
嘻—嘻嘻嘻嘻！
……這男人發瘋了呢。
他懷疑妻子不貞，
ずる
咻…
於是揮刀斬殺妻子，將她大卸八塊。
然後才將屍體丟入水中嗎？
……我現在才知道……！
咳！
如何？很慶幸吧？
如何？
很慶幸吧？

很慶幸吧？
慶幸妳先預知了一切。
是的，少爺，
是我失禮了。
BAR
BANDOW

您接下來打算如何？
需要更多酒？酒餚也一起端上嗎？
還是……
承蒙您的召喚，
小的感激不盡。
妳的主人呢？
在隔壁房間嗎？
不，說到這個……

未來好像發生了變化。
主人突然被抓走了。
他…

……被夫人帶走了。
話說回來，少爺，
有件事讓我很在意。
關於夫人的外遇——
只是主人因嫉妒而生的誤會？
還是說，真的……

喂，我早就說過了，
我受不了乳臭未乾的小鬼。
哼，什麼嘛。
真是壞心眼。

毛羽毛現

少爺，
或許您會覺得我這麼說是廢話，
但您的面相呈現出「桃花劫」。
我不確定是白天還夜晚，總之在宛如影子般的街上，
當我獨自一人行走其中之時，

不好意思，
小哥，拜託你幫個忙。
頭頂上傳來一道聲音。
求求你，
救我出去。
我被壞蛋給抓住，
被鎖在這麼高的房間裡囚禁起來，
徹底失去了自由。

喔？
這位女士，妳希望我怎麼幫妳？
稍等一下，
我有個主意。
スル……
咻……
スルスル……
咻咻……

來，你順著我的頭髮爬上來吧。
這樣一來，我就能得救了。
這說不上是好主意呢。
如果房間鎖住的話，我就算爬上去也無濟於事啊。
倒不如妳將頭髮綁在房裡某個地方、
攀著頭髮從窗戶爬下來，
等妳下來後我再拿刀切斷頭髮。
妳覺得如何？這個方法比較合理吧？

接著，那女人狠狠瞪向我，撂下一句話。
……你這惹人厭的傢伙!!
然後我就醒來了。
那麼，妳如何解這個夢？
……雖說卜夢不是我的拿手絕活，

但這是預示凶兆的夢。
畢竟光是少爺會在意這個夢，就讓人難以釋懷。
總感覺另有隱情，怎麼了嗎？
嗯，……老實說
做了那個夢之後，我走在夜晚的河邊。
河川因連日降雨漲水，流速變快。

這時傳來女人的叫聲。
救命啊！救命啊！
救救我！
啊啊！要被沖走了！我快被沖走了！
我失足掉進水裡，
多虧頭髮纏在木樁上才免於被沖走。

快抓住我的頭髮，將我拉上來。
クルクルッ
捲
哈！抓到你了！
啊！
啊！

要被沖走了！我快被沖走了！
為什麼放開手？
我恨你！
我好恨啊！
是我一時昏了頭，還是眼前出現了錯覺？
無論我有什麼藉口，都救不回被沖走的女人。

到了早上，從河川下游處打撈出一具女屍。
……您很掛念這件事嗎？
沒錯，
我很懊悔。
我做了對不起她的事。
！

要不是我過度在意那個夢，
就不會害得她白白送死了。
睜⋯⋯
「可惡！發不出聲音，也無法動彈！」

我做了壞事。
「越是憐憫她，她的力量就越強，最後被她所支配。」
「少爺！快停下來！這傢伙是毛羽毛現！」
「一但起了惻隱之心，她就會乘虛而入！」
「這傢伙最喜歡人們的愧疚了！」

……到這裡就差不多了吧？
奉陪妳這麼久，這場餘興表演也夠盡興了吧？
嘔
我是個壞男人，
後悔是我最不擅長的事了。
而且……

妳的真面目，
無論在川流之中、
還是從河裡打撈上來時，
我都看得一清二楚。
真是……太可惡了！
你這惹人厭的傢伙!!

少……少爺，您早就知道了嗎？
那又為什麼……
就說是餘興表演了嘛。
和妳的特技比起來，哪邊有趣？
少爺，
您的面相確實呈現桃花劫，
對女方而言，你才是她的**劫**啊。

牛鬼

少爺，我知道了。
這樣一來，我也不能認輸。
就讓您瞧瞧我的壓箱表演吧。
我說過了，
那類表演等妳十年後再說吧。
妳那平坦的胸部，看了只會更掃興而已。

註：遍體鱗傷的與三：出自歌舞伎劇目《與話情浮名橫櫛》，講述與三郎因戀上他人之妾遭到斬傷，此後以展示身上刀疤掙錢。

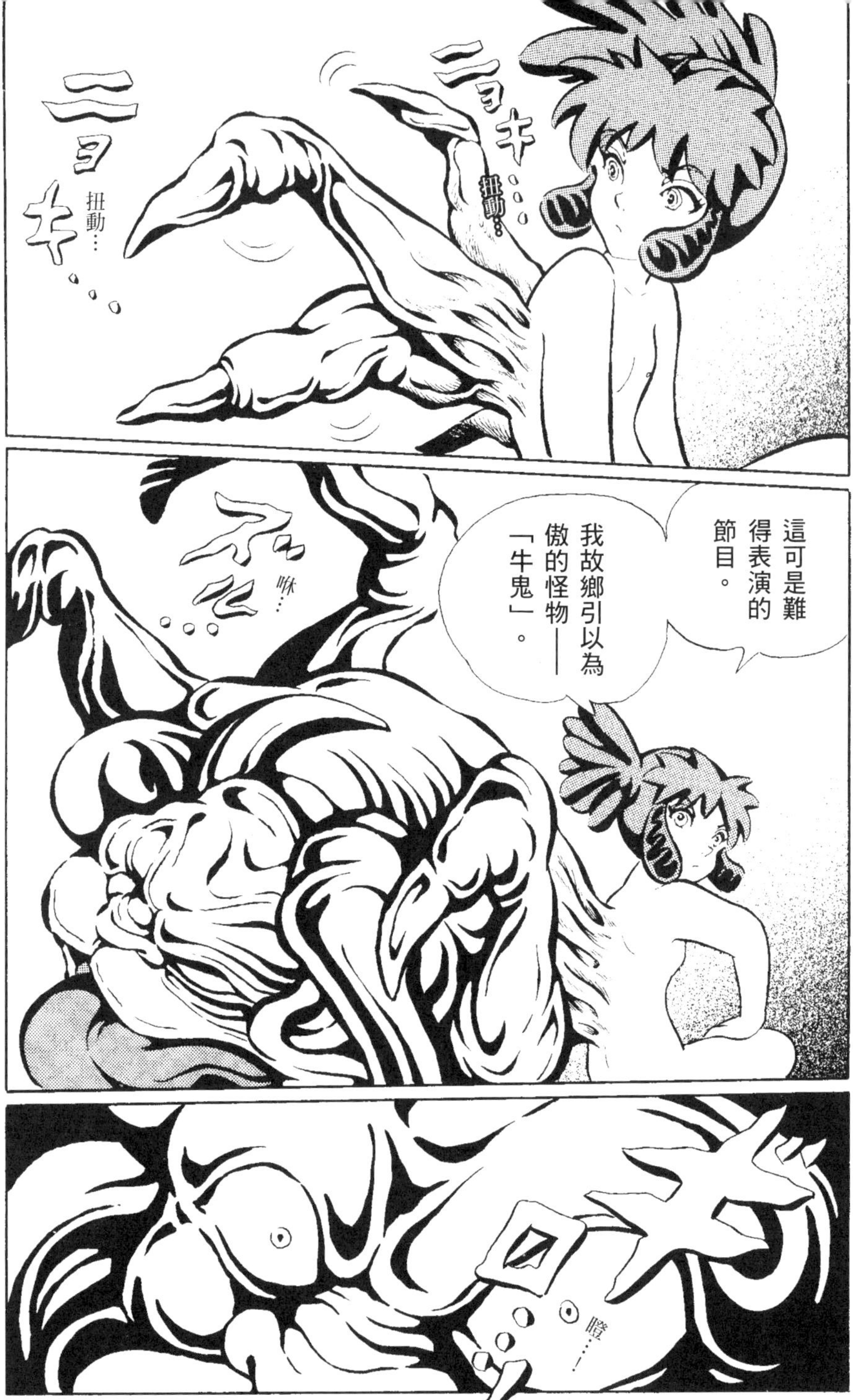
ニョキ
扭動…
ニョキ
扭動…
這可是難得表演的節目。
我故鄉引以為傲的怪物——「牛鬼」。
咻…
瞪…！

喔？
這傢伙真壯觀。
可以告訴我牠的來歷嗎？
好的。

ザッ
沙……
首先要說到我的出生之地——
一座沿海的小漁村。
ザヴァァァ
沙……
村裡每個人都很貧窮，
可說是就連窮神都會含淚施捨錢財的寒酸村落。

某天，我餓著肚子，
在海邊徘徊時……
啊！
是「牛鬼」。

這怪物被海浪沖上岸邊，已經斷氣了。
真可憐。
我忍不住合掌致哀，卻因此釀成大錯。
瞪……！
……從此之後，牛鬼便附身在我的背上。

喔？
原來如此，是這樣嗎？
！
ザァァァ……
沙……
牠的來歷真是如此？

慢、
慢著！
少爺！
您隨隨便便
就跑去了那
一頭，
我的面子還
掛得住嗎？
別在意。
與其說
那些，
不如我來趕走
這傢伙吧，
如何？

咦？
被怪物附身不覺得很困擾嗎？
我這就將牠流放到遠海，
斬斷你們的孽緣。
先、先等一下！
怎麼了？哪裡不對勁嗎？
「手之目」，
這傢伙——牛鬼，就是妳的父親。
沒錯吧？

是的，您真敏銳。
當時被沖上海灘的，
確實是清晨出海捕魚的父親。
他不幸溺斃，
死前喝下大量海水，

肚子膨脹得如同滿月，
死狀相當淒慘。
沒錯，我父親他啊，
成天酩酊大醉、毫無出息，
自從妻子逃家後，
唯一的樂趣就是以燒紅鐵棍在女兒背上烙印。
他就是宛如禽獸的父親。

所以我才說，
我來幫妳處理啊。
牠可是就連死後也要依附在妳身上的禽獸呢。
還是說，妳難以割捨父女之情？
並非如此。
這傢伙是我重要的表演節目，是掙財工具。
牠化為怪物才能養育子女。

僅僅如此
而已。
哈—哈—
哈！
並非基於什麼
父女之情。
要是您帶走牠，
我就沒飯吃了。

哈哈哈哈哈！
說得好！
妳真正是藝者的榜樣啊。
承蒙您的讚美，小的感激不盡。

陰摩羅鬼

女人恨意
聚化為
陰摩羅鬼
之圖

你是誰？
我背上貼著什麼東西嗎？
失禮了。
我在前往洗手間的時候，忍不住朝房內瞥了一眼。
話說，你這樣放任不管是很危險的。
我這就來和你談談，請稍等一下。

你說什麼？沒有錢？
哼～哼，
那麼，
你打算怎麼處理啊？
別擔心，我有辦法。
我剛使喚「手之目」幫我跑腿一趟。
喂！別想逃！
我哪裡敢呢？
只是換個房間而已。

たったった
噠噠噠
哼！
可惡！
真是的！為什麼我要做這種事！
わんわん
汪汪
とっとっとっ
噠噠噠
我豈不成了跑腿的麻雀信使？真讓人想哭！

陰摩羅鬼……嗎？
什麼名字都無所謂，
總之是女人的恨意。
我不打算深究，但你有任何頭緒嗎？
嗯……
倒也不是沒有。
放著作祟不管的話，你會死的喔。

請等一等，
我近來的確感覺身體不適，一大早就心情鬱悶、頭暈目眩，
最煩人的是，我老婆毫無來由就對我發難，
我才會連自己家都待不住啊。
但是，這不可能是妖怪作祟。
因為那女人明明還活著呢。
所以說，這更可怕啊。

妳到底……
在說什麼啊？
我完全聽不懂呢。

其實啊，我也不願意擔任這樣的角色。
但這關係到我的表演費。
還請您多多諒解。
哼！吵死了！
從院子飛來一隻嘰嘰喳喳的小麻雀，
叫我不要作祟、快放棄快分手，是想怎麼樣!?

哼！
那種無情的男人，乾脆早點死一死吧!!
少爺～～
她這麼說呢。
好，我明白了。
咻…

咦？
ぴと
啪…
唰！

嘎……啊啊!!
嘎……

呀！
びくんっ…
顫！
啊…啊…不…住手…！
咦？咦？
快停下來……
啊…
啊…

呀……
嗯！
顫…
融化…
融化…
呼…
…嗯…

あ…
哈…
はぁ…
哈…
はぁ…
哈…
呼……
少爺，
您到底，
做了什麼？

喔！「手之目」，辛苦妳啦。
今天這位大德要請客，
他也出了妳的表演費，表演個什麼來瞧瞧吧。
……少爺～～

水虎

少爺～～
（嗝）
您把我灌醉，
有什麼意、
意圖—嗚
（嗝）
沒有什麼意圖，
我也不記得我灌
醉妳。
少在那邊擅
自喝起來還
死纏爛打。
妳的臉都紅得
要燒起來啦。

去庭院的池塘
洗把臉吧。
…喔？
チャプ…
啵…

嘿嘿，
怎麼會……
明明只是……魚，
還笑成……這副德……性。
フラァ
暈

喂，「手之目」。
妳在做什麼？
怎麼只探出臉在池塘上？
雖然睜著眼睛，卻沒在看嗎？
看起來像是被抽去魂魄似的。

魂魄是被抽去了沒錯。
這傢伙被水虎附身了。
かくん!かくん!
喀!喀!
水虎是河童的同類吧?
都是水中的妖怪嘛。
かくん!
喀!
啊!那個我知道。
這麼說來,
我看過和這東西同樣狀況的女人。

以前──學生時代，
我去深山旅行時，在住宿地看見過。
住宿地的老闆說：
「這位小弟，」
「你要玩玩看特別的女人嗎？我會算你便宜點。」

聽說她原是村裡的女人，
但不小心掉入河川還湖泊，
かく……
喀……！
結果就被水虎附身了。
かくん、
喀！

她似乎已經精神錯亂了。
可能也有男性偏好此道吧。
咦？不……我當然沒答應。
因為感覺怪不舒服的嘛。

喔？
我可沒興趣和這東西上床，但……
老闆娘，
聽說水虎附身的女人肉做成生魚片很美味喔。
可以幫忙料理一下嗎？

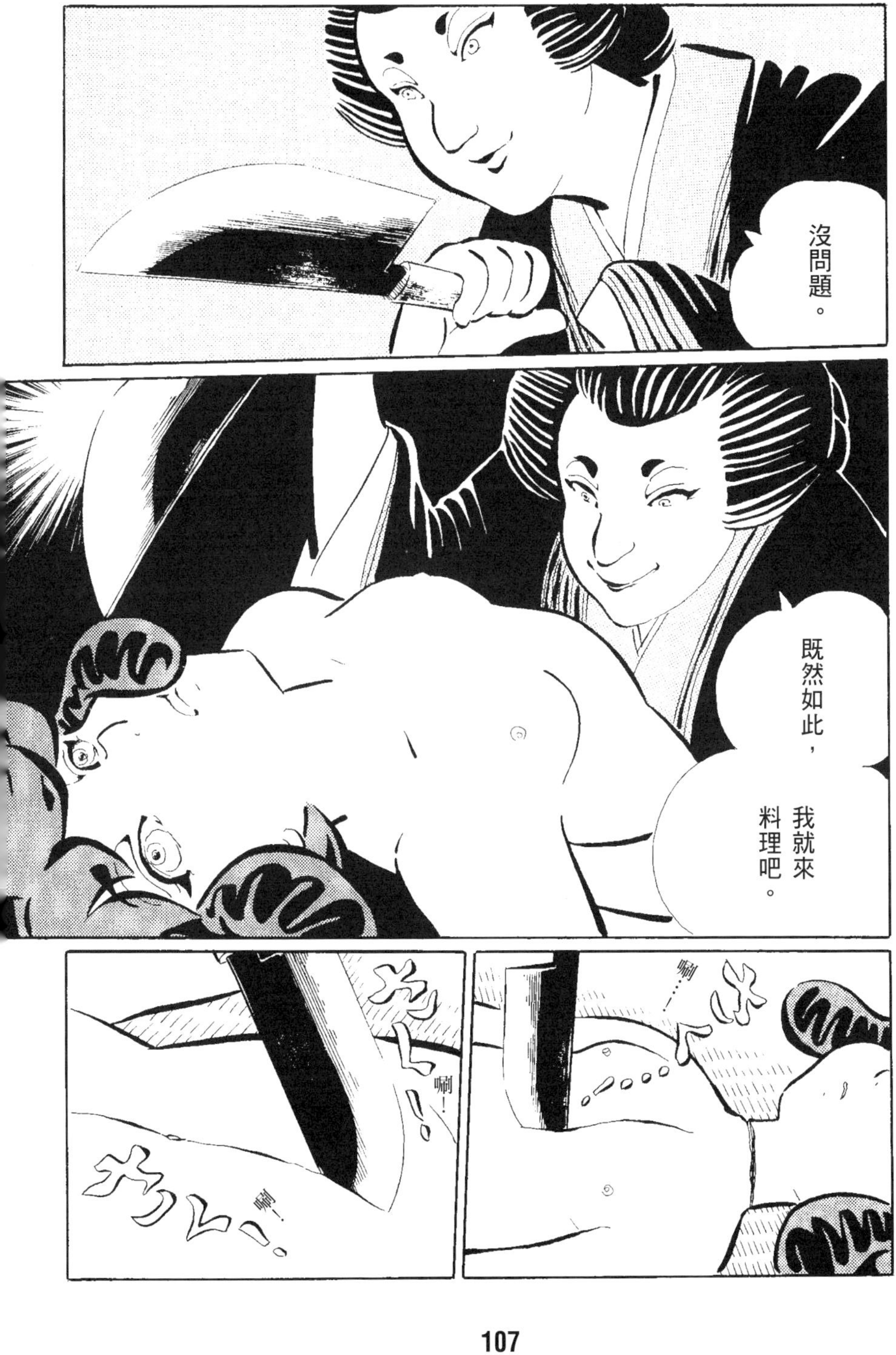
沒問題。
既然如此，我就來料理吧。
唰!
唰—!
唰…!

哇！
看起來真可口。

這真是，

太令人垂涎欲滴了。

混帳傢伙！別鬧了！
你想讓我繼續做這種夢到什麼時候!!
嘎啊啊……!!

喂，「手之目」。
妳在做什麼？
怎麼只有臉浸在池塘裡？
喂，妳醒一醒。
拉……！
唰啦！

咦？妳這傢伙，
嘴裡咬著什麼東西啊？
這麼想吃魚的話，
就讓老闆娘幫妳做成生魚片吧。

酒蟲

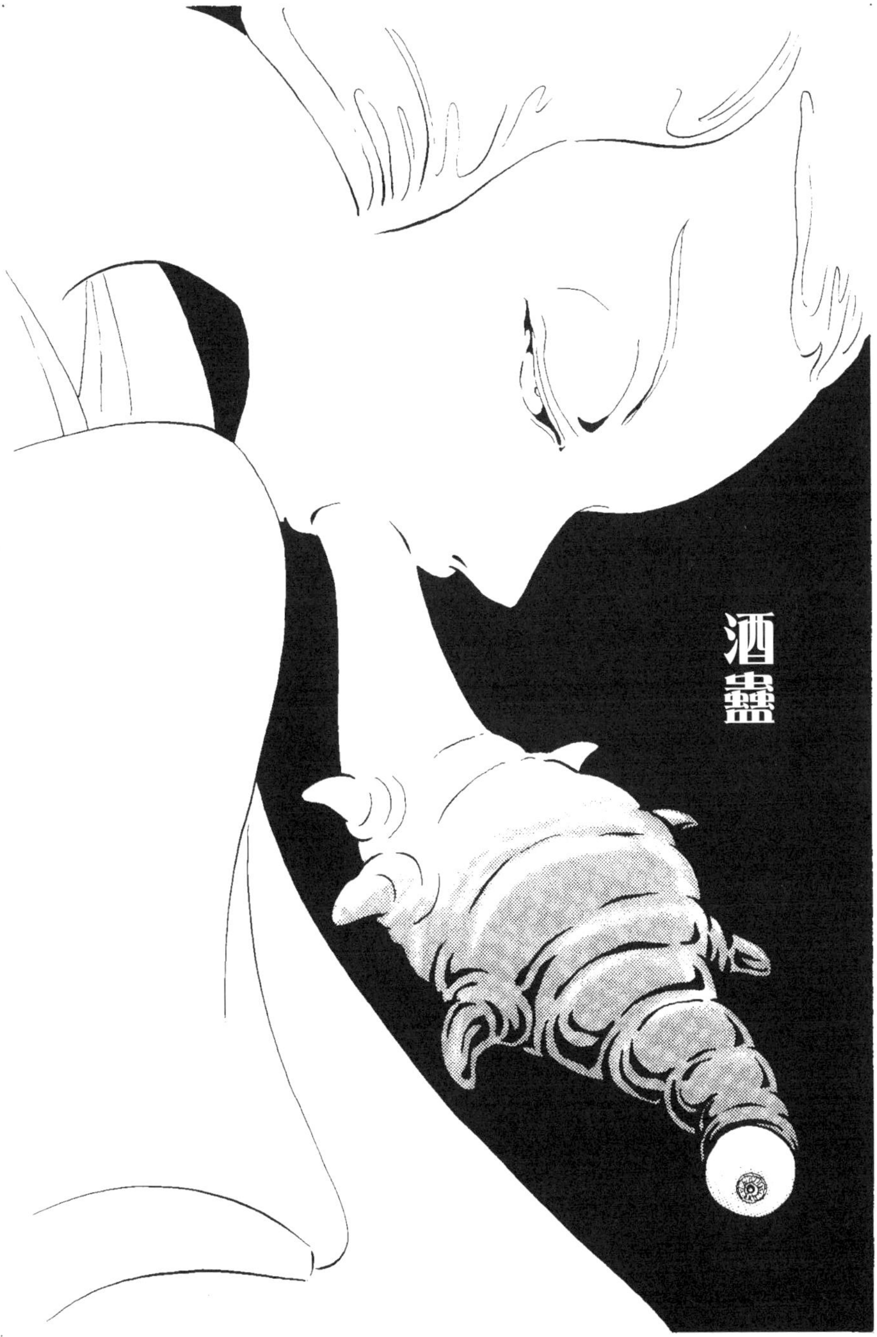

唔……好不舒服……
少爺~~
您酒量真好……
簡直是千杯不醉。
少爺，
少爺啊，聽我說。
別說了，快睡吧。

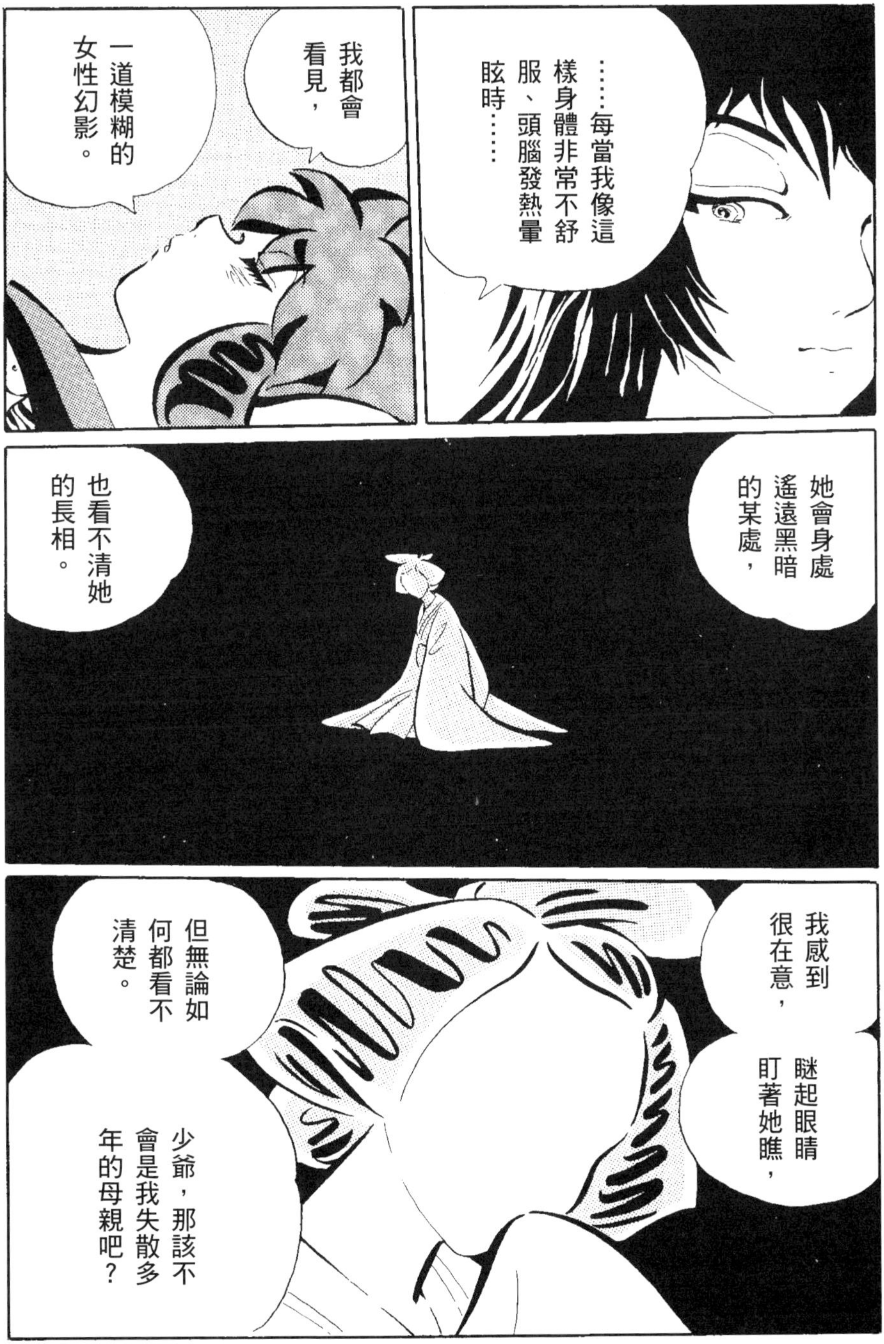
……每當我像這樣身體非常不舒服、頭腦發熱暈眩時……
我都會看見，
一道模糊的女性幻影。
她會身處遙遠黑暗的某處，
也看不清她的長相。
我感到很在意，
瞇起眼睛盯著她瞧，
但無論如何都看不清楚。
少爺，那該不會是我失散多年的母親吧？

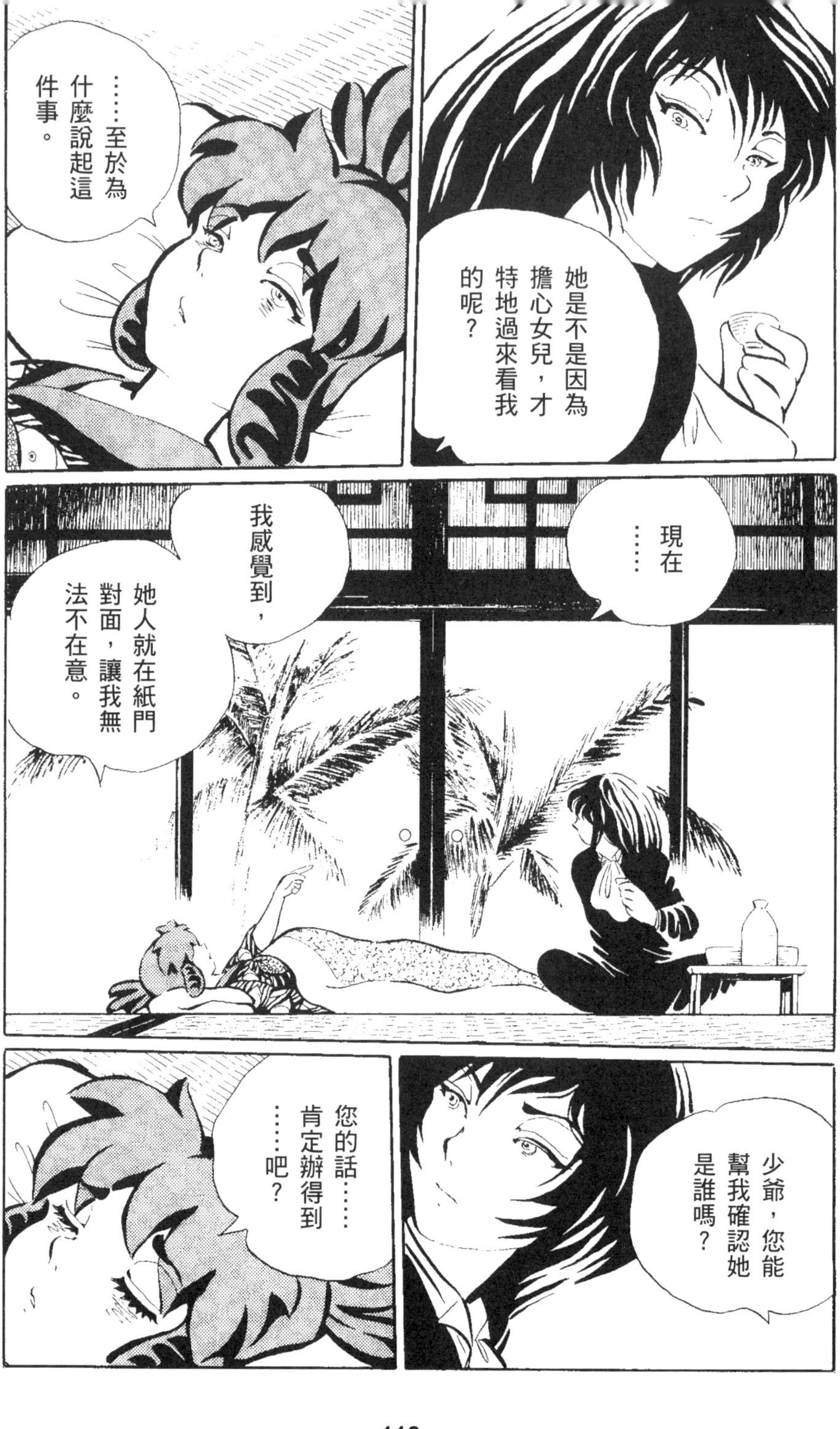
她是不是因為擔心女兒，才特地過來看我的呢？
……至於為什麼說起這件事。
現在……
我感覺到，她人就在紙門對面，讓我無法不在意。
少爺，您能幫我確認她是誰嗎？
您的話……肯定辦得到……吧？

咻……

妳是誰？
嗯……
喉嚨裂開了，發不出聲音？
沒關係，我全都能參透。

名字是——
吞口太夫？
藝者嗎……
特技是什麼？
嗯？只是在
酒席上大口
豪飲而已？
真是毫無情調
的特技啊。
喔？妳說不是一
兩升那種兒戲，
不但能輕鬆灌下
一兩斗酒，
就連與男子漢酒
豪和力士比酒也
不曾輸過？

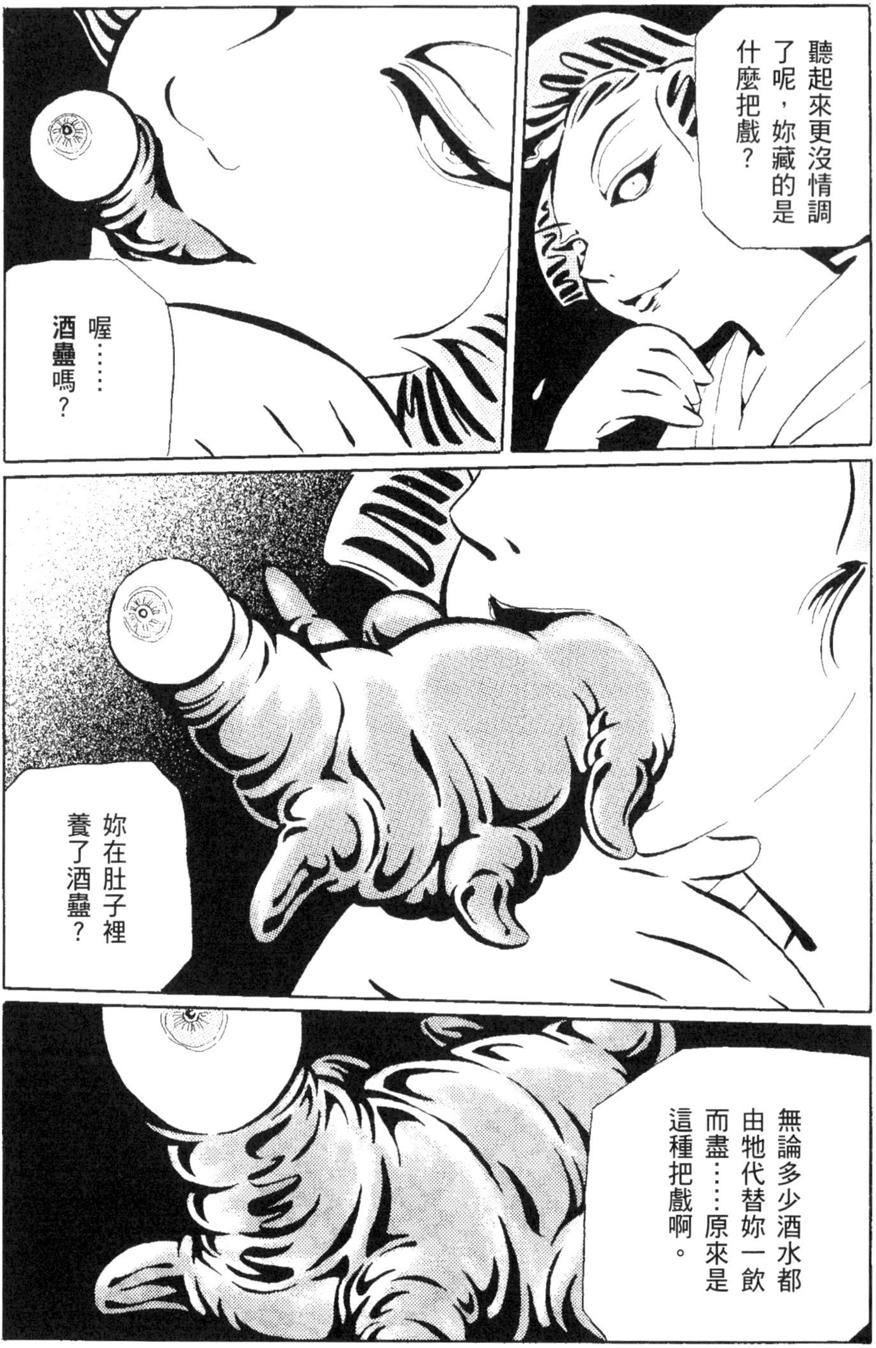
聽起來更沒情調了呢，妳藏的是什麼把戲？
喔……酒蠱嗎？
妳在肚子裡養了酒蠱？
無論多少酒水都由牠代替妳一飲而盡……原來是這種把戲啊。

對了，妳和「手之目」有什麼關係？
喔……她是在妳那裡做打雜嗎？什麼？妳說這是在修行技藝？
哼，妳只是將她當貓狗般對待，等開始展露美色之時再賣掉吧？妳的如意算盤我都看在眼裡嘍。
算了，繼續往下吧。
什麼……某天妳打瞌睡的時候，
ポテッ！
碰！
酒蟲從口中逃了出來？

發現牠的「手之目」並不知道那是酒蟲?——
什麼啊,妳連對「手之目」都不曾透露過自己的把戲嗎?
她以為是稀有的蟲子,就買了金魚缸養在裡頭啊。真是太高明了。
然後呢?毫不知情的妳被找去酒席……
咕嘟
咕嘟
咕嘟
沒想到端上的是酒精濃度九十六度的俄國酒?……那已經不是酒了吧。
嗯……妳一口氣灌下一升嗎?

接著——
哈哈哈，那是理所當然啊。活生生的人當然會立刻吐血而死的。
南山寒人

一切都是那小鬼的錯。
妳雖然想殺她洩憤，卻辦不到。

因為在她背後，
坐鎮著恐怖的妖鬼，形成了她的守護神。
所以妳只得像這樣，
一直從遠處憎恨著她……嗎？
喂，我安靜聽妳自顧自地說，妳實在錯得太離譜了。
從頭到尾都是妳粗心大意造成的吧？
酒蟲也是受夠妳的使喚，才逃出來的。

要不然，
妳乾脆直接問問看這傢伙怎樣？
咻…
來吧，對方已經徹底是酒漬幽靈了。
ポトッ！
碰！
你就將她飲盡，報一箭之仇吧。
張嘴！

ぐにゃ……
癱軟……
咻！
唔嗯……

啊……少爺。
「手之目」，
確實有女人在那。
我告訴她，
「妳不用擔心，『手之目』沒事。」
她便露出微笑消失了。
不知她到底是何方神聖呢？

嘿嘿……
哼，真不符合我的個性。
……或許是有點喝醉了吧？

件

「件」這種妖怪據說有各種姿態。
我看過的件擁有女人的上半身，其他部位則與宛如牛的怪異形體四拼八湊接在一起。
女人的額頭像這樣……長著兩隻角，
以及讓人看不出年紀的奇妙容顏。

是的，我是在見世物小屋的帳篷裡看見那東西的。
我們的眼神，

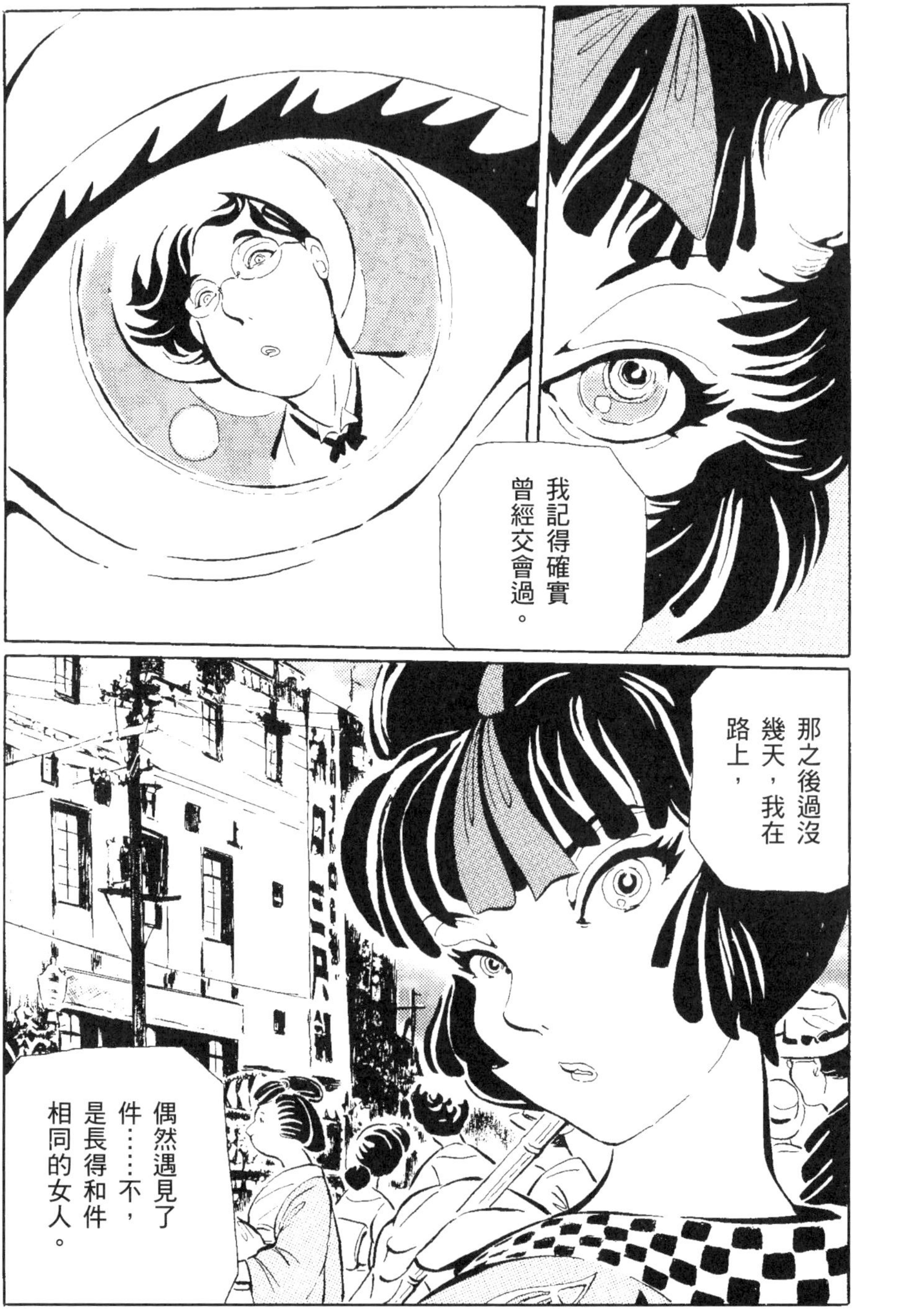
我記得確實曾經交會過。
那之後過沒幾天，我在路上，
偶然遇見了件……不，是長得和件相同的女人。

「呵呵，你是客人吧？我還記得你喔。」
「討厭啦，那當然是道具啊。」
「舞台下用布遮起來了，對吧？」
「我的身體就藏在裡頭，只露出胸部以上的部分。」
「額頭則是黏上厚紙做成的角，呵呵。」

「對了……件是一種能預言未來的妖怪喔。」
「預言……什麼事？」
「就是、嗯，能明白各種各樣的事嘛。」
「我啊，有預感之後會和你有深交喔，呵呵呵。」
……結果，她成為了我的妻子。

總覺得我老是被奇妙的女人所束縛呢。
你也和我一樣吧？
至於我遇到的件呢，
啊，
居然從那邊接話嗎？
至於我遇到的件呢，
是身處在宅邸的監牢裡喔。

我其實根本不是件。
只因為這……腫瘤的錯，而遭致眾人誤會。
是這戶有錢人家將我買下來的，
老實說我並不介意。
畢竟我老家相當貧窮。
在這裡既能吃到豐盛的三餐，

又有漂亮衣服可穿，
雖然被囚禁在牢裡，但無所謂。
整天不用工作，只要睡覺就好。
簡直極樂呢。
我只有一個困擾，
他們一直催促我快點做出預言。
但要我預測有什麼好投資或儲蓄，
雖說這是我被買下來的理由，
……怎麼可能辦得到嘛。
正是如此。
我是受託前來領受妳的神諭的，
但看來是白跑一趟了。

請等一等。
那些傢伙之所以找你過來，
是希望讓我生下孩子。
聽說，
件做出預言後馬上就會死去。

那些傢伙認為，
我是因此才一直不說出預言的。
於是呢，
他們決定讓我再生出一隻件。
喔？
我……其實無所謂喔。
反正我也很寂寞嘛。
抱歉，我可不想當種牛。

與其如此，
不如我來告訴妳絕對會實現的預言吧。
咦？
「你們所有人（總有一天）都會死。」
這就是絕不會出錯的預言。
……過沒多久，宅邸發生了火災。

沒有一個人
倖存。

難道說，
是她決定讓預
言提早成真了
嗎？

老公。
是妳……
為什麼妳知道這地方？
我來接你了。
你在說什麼傻話。

當初就是我建議你來這裡的啊。
你為了女人煩心不已，
我才勸說，來這裡一定會遇到人幫你解決問題，
不是這樣嗎？
啊……是這樣嗎？
好了，快點回家吧。
不要……我不想回去。
不要說任性話了。
快站起來。

照著我說的話做準沒錯。
畢竟我可是……
喂，
件呢，
並非生來就是件，
而是逐漸成為件的喔。

貓又

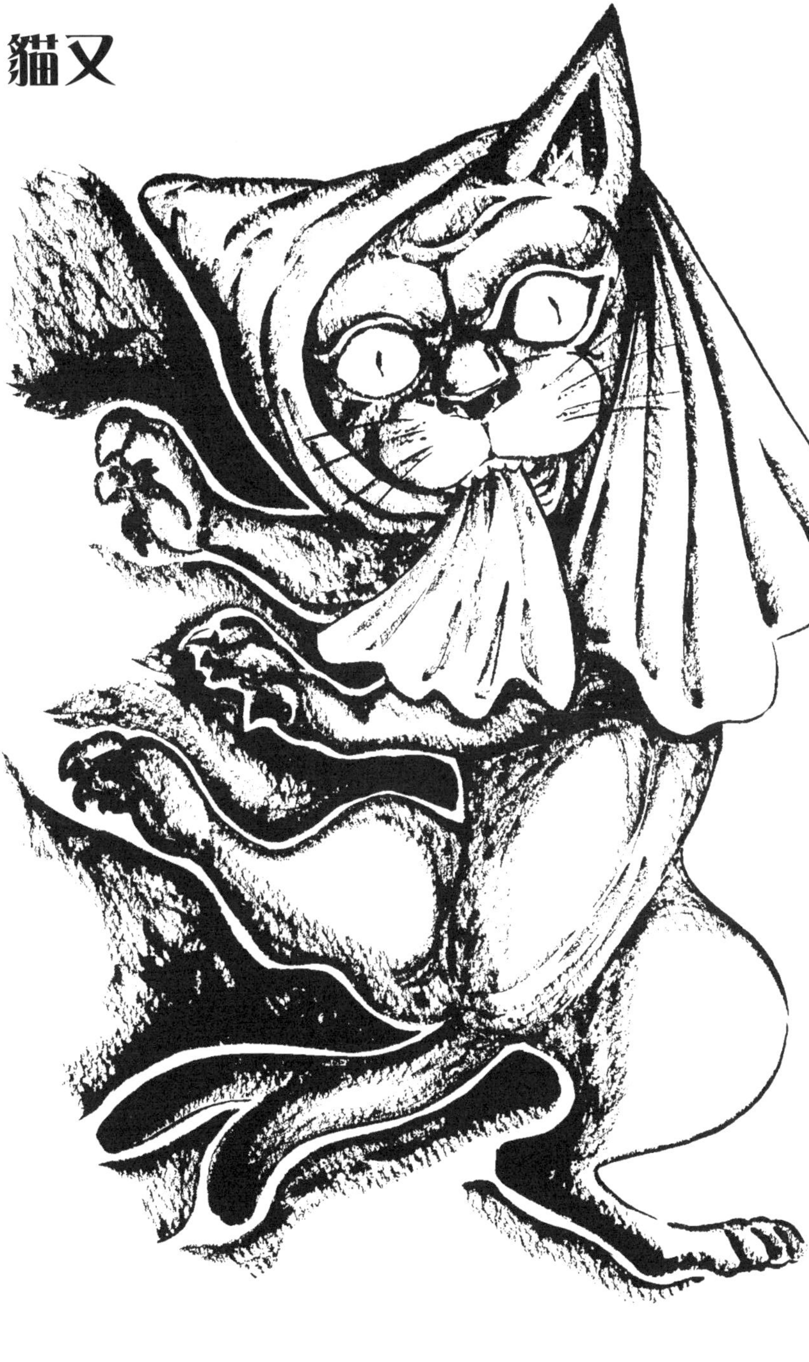

啊～～
受不了，
您又在喝酒了嗎？
チァ～オ
喵～嗚…
是貓。
別顧著說我，

妳這個時間在庭院，
又是在做什麼？
我在找貓啊。
牠跑來這裡了吧？
您沒看到嗎？
原來妳養貓啊？
不是我養的。
牠擅自依付在這裡，讓人傷透腦筋。
我打算找到後就要勒死牠呢。
反正也是隻晦氣的貓。

牠竟然在房裡舔著女人屍體的血。
你怎麼啦？
有什麼事嗎？
喵~喵…

怎麼樣？貓在那邊嗎？
沒有，沒看到呢。
我啊，好像很常撞見死亡意外現場。
連走在路上也能碰巧遇到有人跳樓，或是被車輾過的屍體。

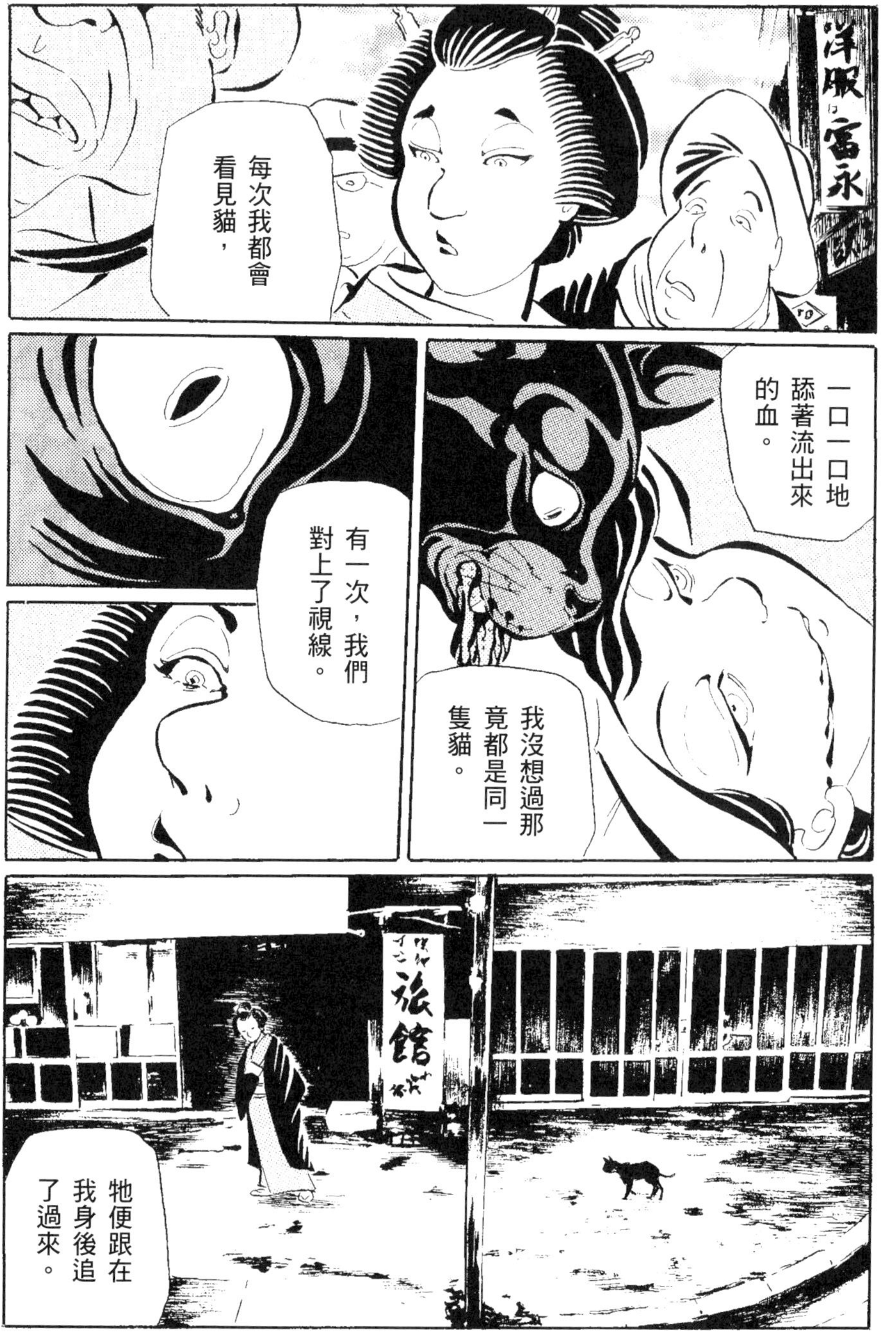
洋服
富永
每次我都會看見貓，
一口一口地舔著流出來的血。
我沒想過那竟都是同一隻貓。
有一次，我們對上了視線。
旅館
牠便跟在我身後追了過來。

牠打算化成妖怪。
牠想舔著含怨亡者流出的血，藉此化身為妖怪。
咦？
少爺？
……這庭院明明不大，卻連個影子也沒看到。
真沒想到，他竟然會這麼投入地幫忙找。
我也進屋裡瞧瞧吧。

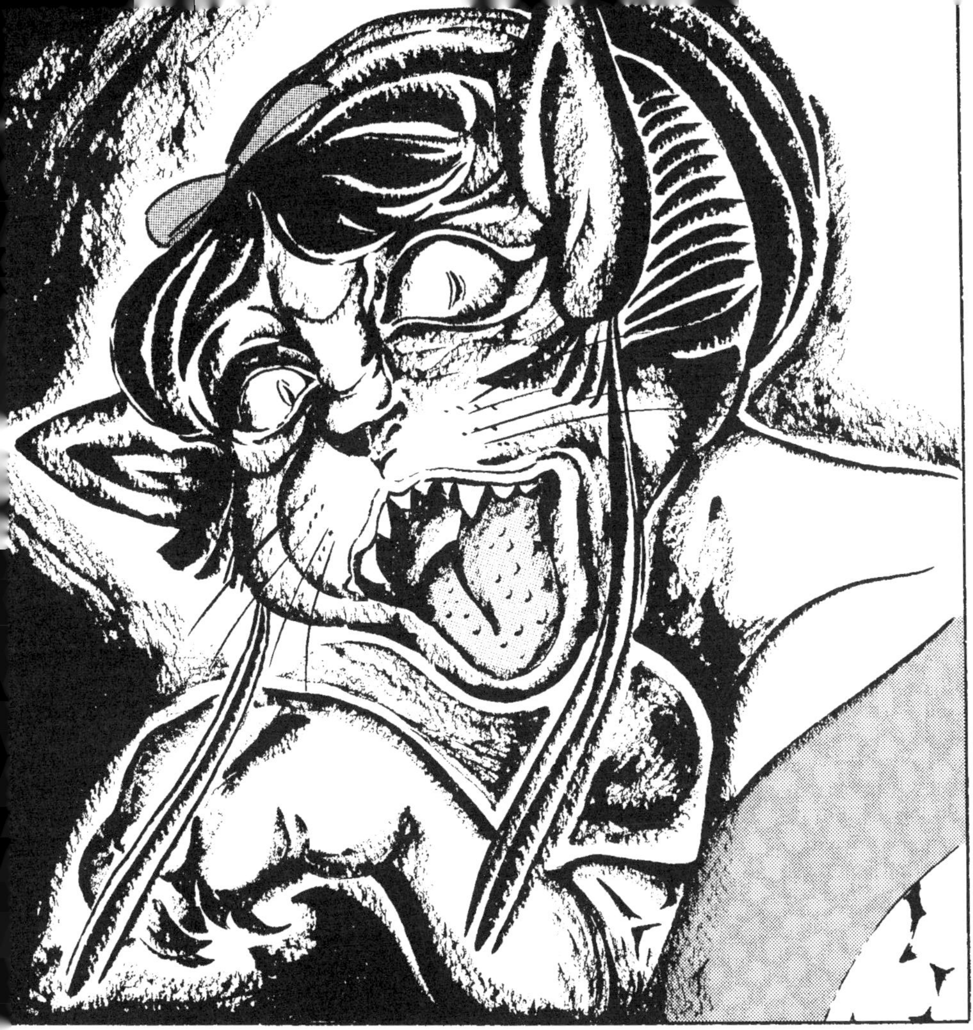

咦？
什麼嘛？

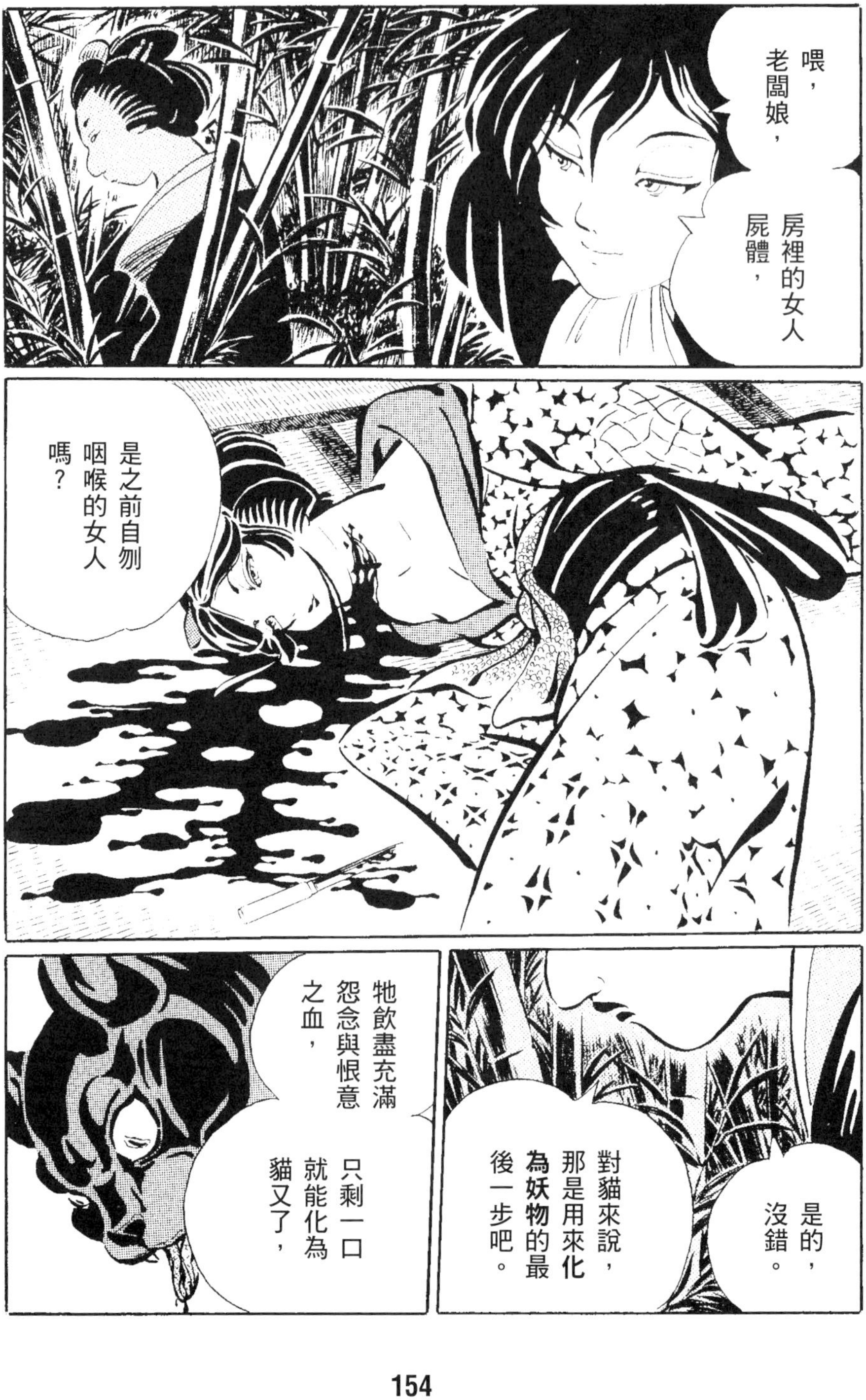
喂，老闆娘，
房裡的女人屍體，
是之前自刎咽喉的女人嗎？
是的，沒錯。
對貓來說，那是用來化為妖物的最後一步吧。
牠飲盡充滿怨念與恨意之血，
只剩一口就能化為貓又了，

卻有人多管閒事，
突然來到此地，
更改了過去。
將怨恨之血，
轉變為成佛之血。

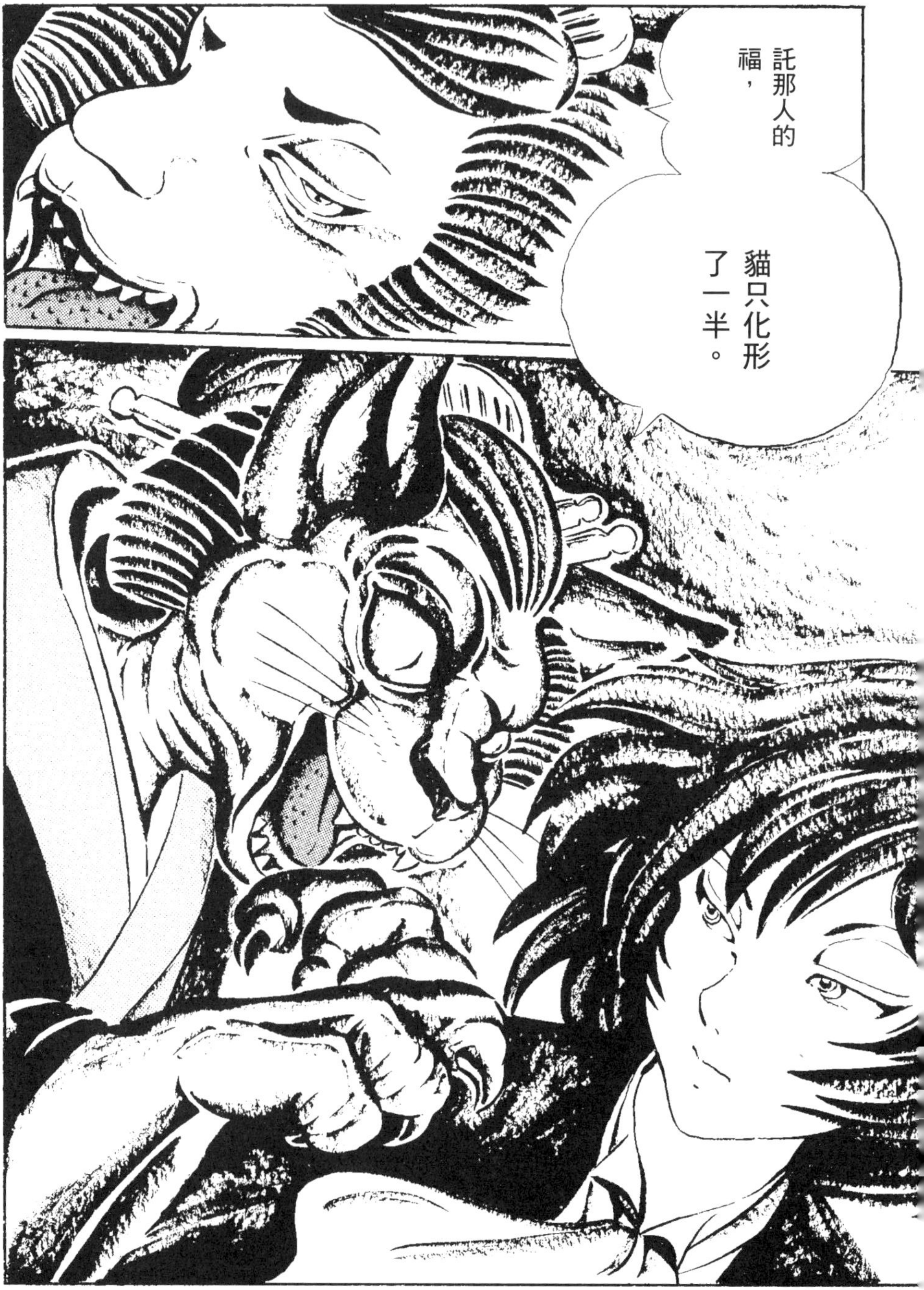
託那人的福，
貓只化形了一半。

什麼嘛？
一點也不可怕。
ぷっ
呸
你只是半個妖怪吧？
ごしごし…
擦拭…
咻…！
妳怎麼啦？

妳在這房間做什麼？
嗯……這裡還
殘留著些許血跡，我將它擦乾淨了。
老闆娘，
曾有女人死在這裡吧？
怎麼連妳也在問？
！
死去的是老闆娘的女兒吧？

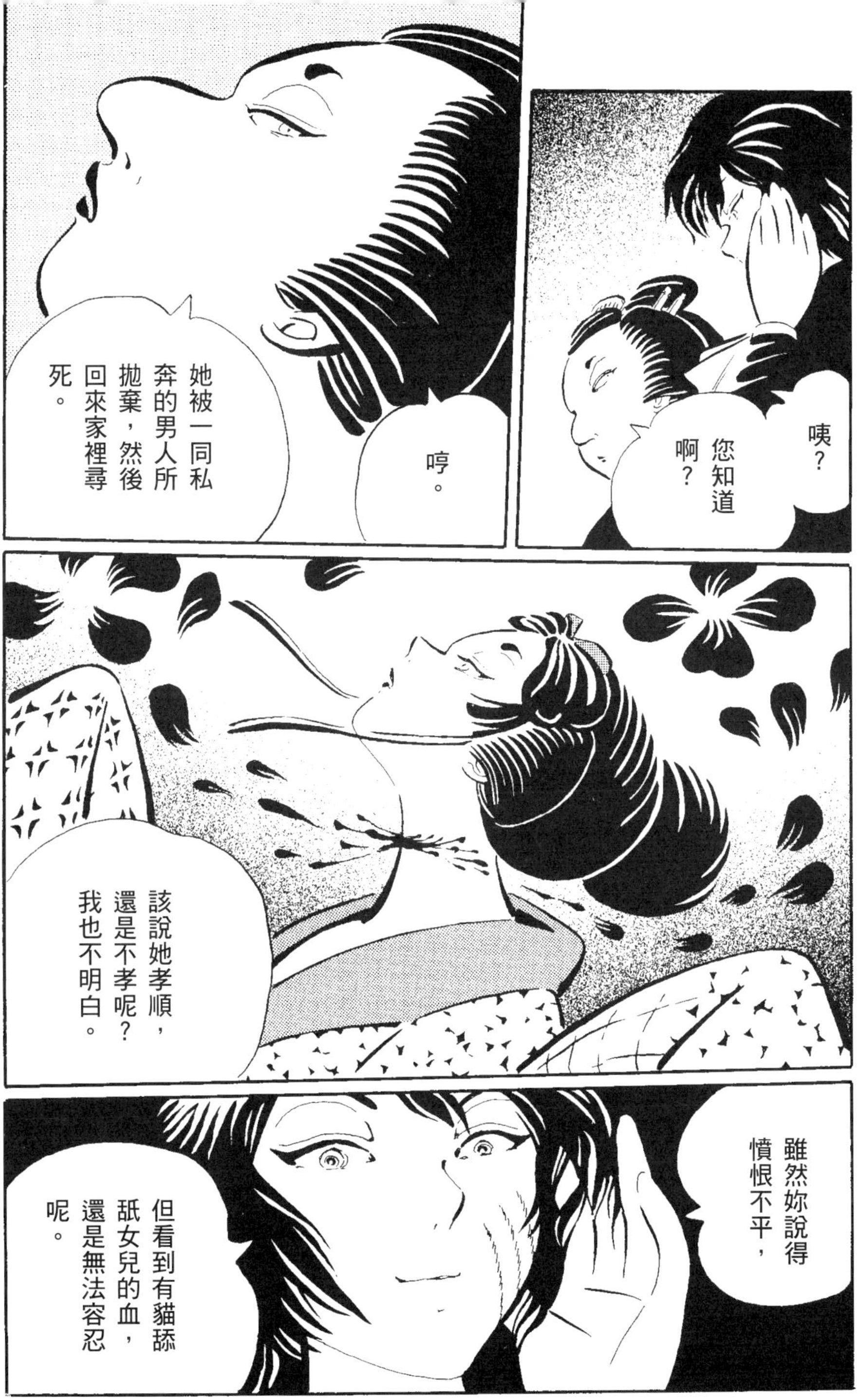
咦？
您知道啊？
哼。
她被一同私奔的男人所拋棄，然後回來家裡尋死。
該說她孝順，還是不孝呢？我也不明白。
雖然妳說得憤恨不平，
但看到有貓舔舐女兒的血，還是無法容忍呢。

咦？那個傷口是……？
貓抓傷我後逃走了。
可不能放著不管啊，
來，我來幫您舔……
嘿嘿！
にゃあ
喵
我搶先一步嘍！

百鬼夜行

哎呀呀，很快就要天亮了。
真是折騰人的一天啊。
好了，快點——

少爺，我內心突然有個討厭的想法，
這些果然也是夢境嗎？

該不會，我此刻其實身處在大白天的市街上，
與被您奪走妻子的男人一起，盤算著對您設下圈套呢？

討厭啦，這種了無新意的結局。

至於為什麼會有這念頭，因為就在我這麼做的時候，內心莫名地感到平靜。
難不成我現在很「幸福」嗎？
不，怎麼可能！都是假的！
這絕對是夢！當然是做夢——我這麼想。
哎呀呀，很快就要天亮了。
真是折騰人的一天啊。
好了，快點給我滾回去吧。
要是再讓你們待著的話——

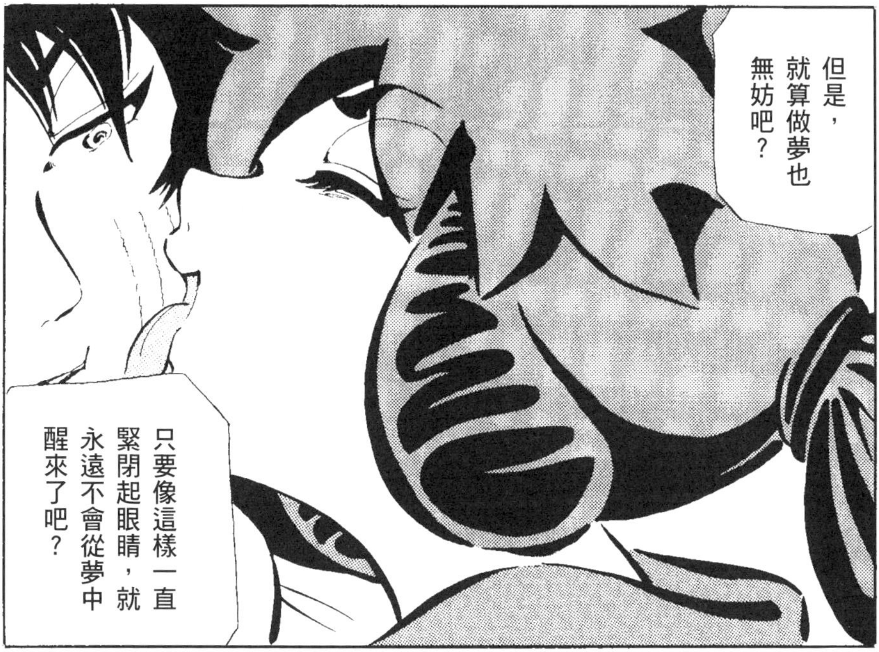
但是，就算做夢也無妨吧？
只要像這樣一直緊閉起眼睛，就永遠不會從夢中醒來了吧？

我的名字是夢幻。
全名夢幻魔實也。
少爺，
您當時到底是對著誰報上自己的名字呢？

謝謝，啊，終於問到你的名字了。
最後終於能——
最後終於能——在我的夢中，
得知你的名字。
……這是我臨終前的夢。

我其實已經垂垂老矣，
卻還能以這副年輕的姿態和你相會，真是太開心了。
夢境中沒有時間，
也沒有現在和過去。

來，請看。

百鬼夜行要開始了。

那些是接下來要登場的演員。
他們穿越時空，在夢之舞台輪番演出。
此處既是妳的夢境，同時也是他人之夢。
……你這個人總是在夢境裡到處穿梭呢。

謝謝，
能見到你真是太開心了。

啊……你看，那邊那位
可愛的女孩……

不知為何怒視著我們呢。
接下來，也請在她的夢裡陪她玩吧。
那麼，
請多保重。

哎呀呀，很快就要天亮了。真是折騰人的一天啊。
好了，快點給我滾回去吧。
要是再讓你們待著的話，
才會引來百鬼夜行呢。

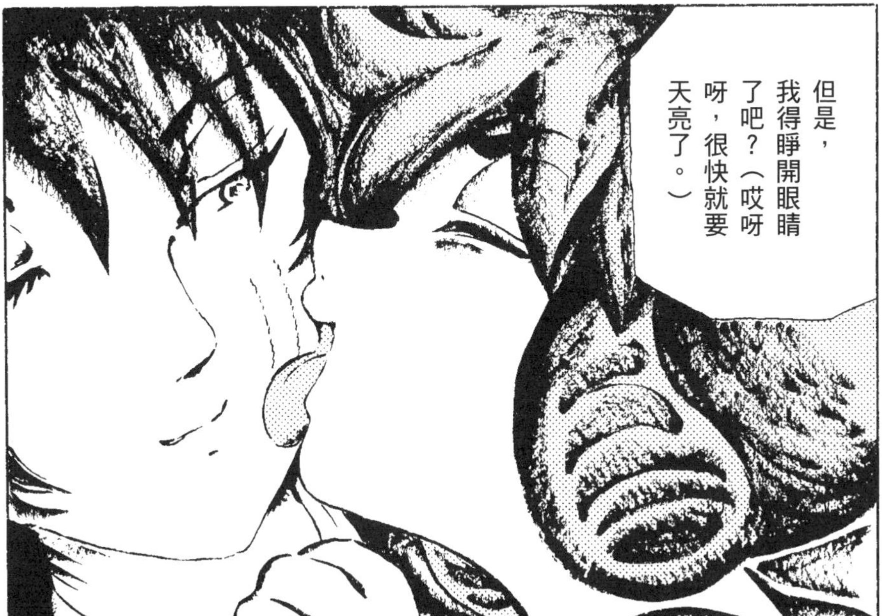
但是，我得睜開眼睛了吧？（哎呀呀，很快就要天亮了。）

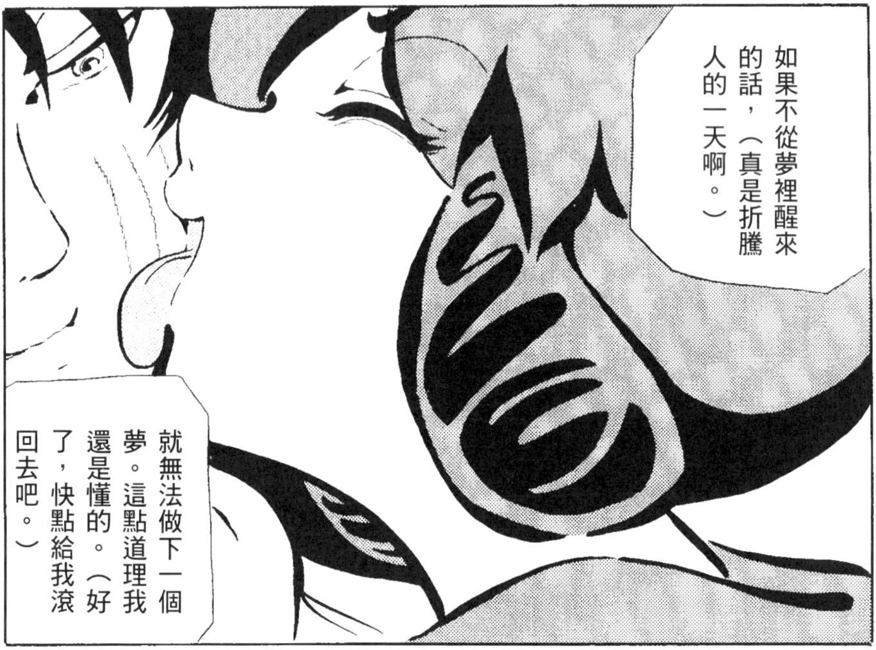
如果不從夢裡醒來的話，（真是折騰人的一天啊。）
就無法做下一個夢。這點道理我還是懂的。（好了，快點給我滾回去吧。）

少爺，這是我最後的要求。
請您也告訴我名字吧。（要是再讓你們待著的話，）

請您轉頭看向我，對我說出名字。
（才會引來百鬼夜行呢。）

結束啦，閉幕了。
再見，有緣再會。
啪！

我的名字是夢幻。
全名夢幻魔實也。

冥途

『哇！太好了！有人來接我了！』
『你是來帶走我的吧？你會幫我吧？快！快點啊！快帶我回家去！』

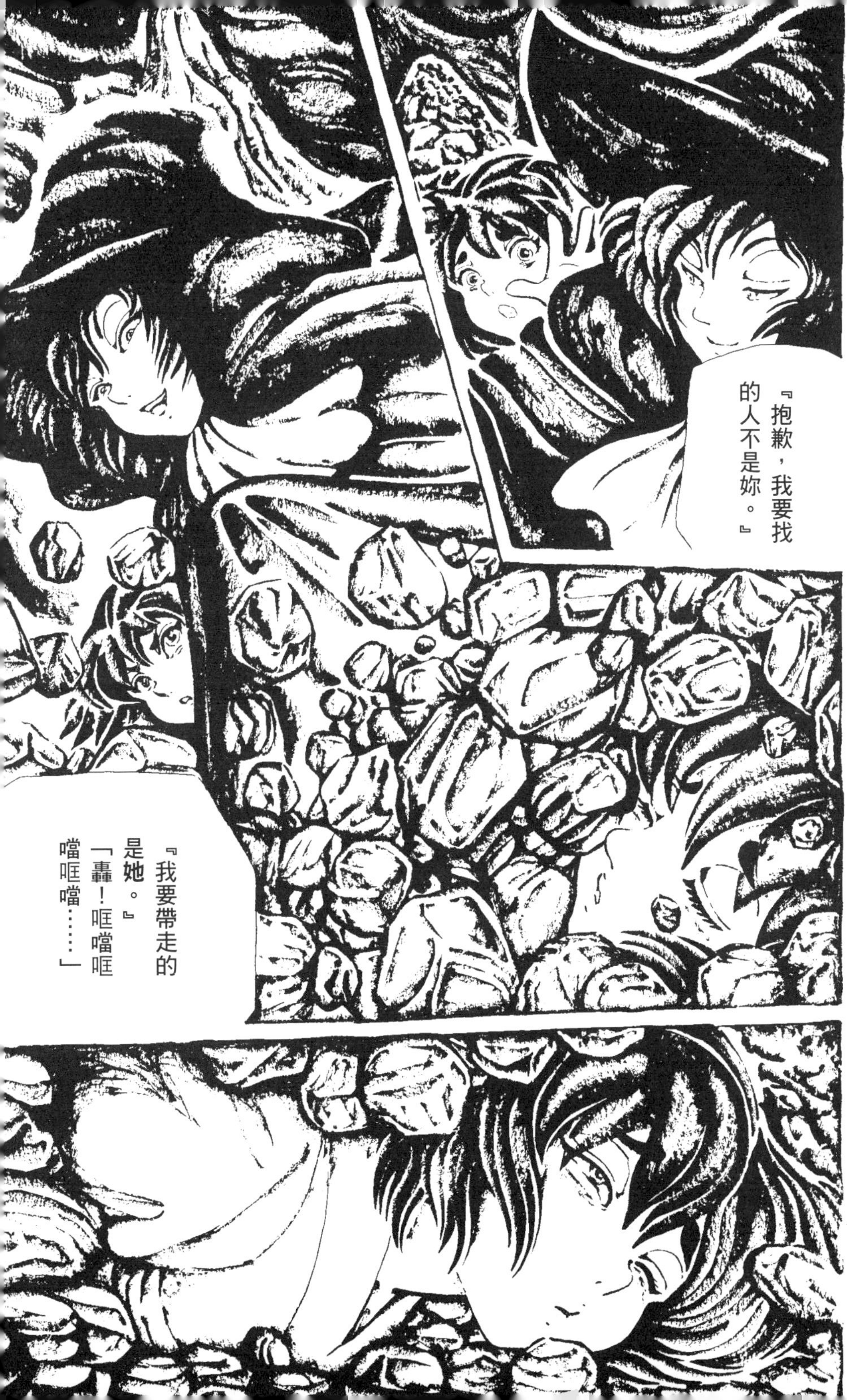
『抱歉，我要找的人不是妳。』
『我要帶走的是她。』
「轟！哐噹哐噹哐噹……」

『可惡！為什麼是那傢伙！』
『為什麼不是我？為什麼不帶我走!?』
『也帶我們走吧！也帶我們走吧！』

『呀啊啊啊啊啊!!』

『別擔心。』
『那是妳的外公喔。』
『咦!?』

『瞧……妳看。』

『牠正在保護妳吧？』
『咕嗚！』

『啊……!?』
『少爺，好久不見了啊。您願意來這一趟，我太高興了。』

『已經不要緊嘍。』
『快張開眼睛吧。』
…就在一瞬間，那女孩變成了我母親的模樣。
然後，我——

在醫院的病床上
醒了過來。
母親在病床旁告訴我：
『妳差點就沒命了呢。』

『媽媽，我做了個夢。』
『發燒一直降不下來。』
『遇到了全身黑色的男生。』
『啊……我都知道喔。』

『只有我一個人實在太吃力了，就找他來幫忙了。』
『呵呵……他真的過來了呢。』
『媽媽…那個…黑色的男生是誰？叫什麼名字？』
『人家……想知道更多他的事。』
『哎呀呀……真沒辦法。』
『下次見面時，妳自己親口問他吧。』

『下次在夢中相會時，』
『他肯定會揚起嘴角，笑嘻嘻地報上自己的名字吧。』
喔？小姑娘，
妳想問我的名字嗎？
我的名字是——

夢幻紳士
【逢魔篇】

後記

在此獻上《夢幻紳士 逢魔篇》。本作是直接延續《夢幻紳士 幻想篇》最後一頁的故事，如果可以的話，請尚未閱讀前作的讀者也一讀《幻想篇》。

好了，說到《逢魔篇》，這是講述遭逢魔物的短篇集。各種妖物鬼怪輪番登場，然後與主角夢幻魔實也對峙。

沒錯，這裡的魔指的就是夢幻，遇到他的妖鬼才是受難的一方。如前文所述，《逢魔篇》故事承接了《幻想篇》最後一頁，自第一話〈血腥殉情〉拉開序幕。至於為什麼會是這樣的體裁，其實是有原因的。我在《幻想篇》後記也曾提及，本作主角——青年版夢幻魔實也在誕生二十多年來，一直是個恣意妄為、將作者的想法當耳邊風、無法控制的任性角色。

就連準備在早川書房《Mystery Magazine》連載《幻想篇》時，他也撂下像是「太麻煩了我拒絕」、「基本上不適合勞動的體質」、「正在禁菸」等莫名其妙的理由抗拒演出。沒辦法，我只好借用他的外表召喚出影子，由我進行操作、想辦法完成故事，這才動筆展開連載。然而，隨著一回又一回的發展，魔實也本人也漸漸插手干涉。看來他還是很在意自己影子出場的篇章。到最後一章左右，本尊終於大剌剌地現身了。

「我改變主意了，我要親自出場。」

真是太感激涕零了。他要是出場就正合我意啦。為了讓他繼續待在檯面上，我與《幻想篇》末章最後一格的夢幻魔實也開始交涉下一部作品的演出事宜。

我：「我打算在接下來的《逢魔篇》描寫各種妖怪出場的故事，用獨特解釋打造出獨具風格的妖異怪談，讓夢幻魔實也與妖怪瀟灑對戰。如何？聽起來完全是大眾能接受的故事吧？拜託了，請你務必要出場。」

夢幻：「這樣啊？我想想看——」

我：「我們不要光站著

吧？雖說太陽還高掛著，但總歸是找得到店家喝酒，不如我們就邊喝邊聊吧。」

夢幻：「好啊，陪你喝一杯也行。」

於是我為了招待夢幻，將他帶進了料亭。這就是《幻想篇》末章最後一格之所以接續《逢魔篇》第一話的來龍去脈。

我：「來，先來喝一杯吧。對了，要不要也找個美女……」

夢幻：「不需要。今天只想喝酒，美女反而會干擾酒香。」

我：「咦？這……這樣啊？真意外。既然如此，那還是找個有個性的老闆娘來……」

夢幻：「能再幫我倒一杯嗎？」

我：「啊，酒杯已經空啦？抱歉，沒注意到……我這就幫你斟酒（咕嘟咕嘟咕嘟）。所以說，你考慮得如何？讓你和眾妖怪展開盛大的戰鬥場面，搞不好還會收到遊戲改編的提案呢，呵呵呵。」

夢幻：「再拿一瓶酒來。」

我：「咦？已經乾光一瓶啦？喝到這邊就差不多了吧？接下來你也該出去擊退妖怪……」

夢幻：「再來一瓶。」

我：「知道了，我知道了啦。那麼，這瓶結束後就出門吧。」

夢幻：「麻煩死了。」

我：「咦？」

夢幻：「我的個性是一坐定下來就不會動了，今晚我要喝到太陽升起。」

我：「這樣我很難辦事啊！要是你不出門冒險當妖怪獵人，故事就沒辦法進行下去了。」

夢幻：「叫對方來不就成了？」

我：「啥？」

夢幻：「我說，把妖怪找來這裡不就好了嗎？我會一一奉陪的。」

我：「什……什麼？你在說什麼啊？」

夢幻：「真是搞不清楚狀況的傢伙啊。我說過自己很懶得動吧？既然如此，叫那些妖異怪談自己上門來，不就好了嗎？」

我：「這世界上哪有這種『妖怪獵人』啊！」

夢幻：「新招數嘛。每個月連載都邀請不同的來賓。」

我：「你當這是『徹子的房間』嗎？還是三谷幸喜的情境喜劇啊？漫畫做這種事有意義嗎!?」

夢幻：「再一瓶。」

……就是這麼一回事。

二〇〇六年二月

高橋葉介

出處一覽《Mystery Magazine》

〈血腥殉情〉 2005年3月號
〈啃頸老翁〉 2005年4月號
〈手之目〉 2005年5月號
〈毛羽毛現〉 2005年6月號
〈牛鬼〉 2005年7月號
〈陰摩羅鬼〉 2005年8月號
〈水虎〉 2005年9月號
〈酒蟲〉 2005年10月號
〈件〉 2005年11月號
〈貓又〉 2005年12月號
〈百鬼夜行〉 2006年1月號
〈冥途〉 2006年2月號

NAZOMAN 21

夢幻紳士【逢魔篇】

原著書名／夢幻紳士【逢魔篇】
原 作 者／高橋葉介
原出版社／早川書房
翻　　譯／丁安品
編輯總監／劉麗真
責任編輯／張麗嫺

總 經 理／陳逸瑛
榮譽社長／詹宏志
發 行 人／涂玉雲
出 版 社／獨步文化
城邦文化事業股份有限公司
104台北市中山區民生東路二段141號5樓
電話：(02) 2500-7696　傳真：(02) 2500-1967
發　　行／英屬蓋曼群島商家庭傳媒股份有限公司
城邦分公司
104 台北市中山區民生東路二段141號2樓
網　　址／www.cite.com.tw
讀者服務專線／(02) 2500-7718；2500-7719
服 務 時 間／週一至週五　09：30～12：00
13：30～17：00
24小時傳真服務／(02) 2500-1900；2500-1991
讀者服務信箱E-mail／service@readingclub.com.tw
劃 撥 帳 號／19863813
戶　　名／書虫股份有限公司
香港發行所／城邦（香港）出版集團有限公司
香港灣仔駱克灣道193號東超商業中心一樓
電話：(852) 2508-6231　傳真：(852) 2578-9337
馬新發行所／城邦（馬新）出版集團　Cite (M) Sdn Bhd
41, Jalan Radin Anum, Bandar Baru Sri Petaling,
57000 Kuala Lumpur, Malaysia.
Tel: (603) 90578822　Fax: (603) 90576622
email:cite@cite.com.my

封面設計／高偉哲
印　　刷／漾格科技股份有限公司
排　　版／陳瑜安
□2023年2月初版
售價320元

Mugenshinshi Oumahen

ISBN：978-626-7226-1-8-6
978-626-7226-2-3-0（EPUB）